KB002626

온후 판타지 장편소설
WISHBOOKS FANTASY STORY

전장의 화신

전장의 화신 9

온후 판타지 장편소설

초판 1쇄 찍은 날 | 2017년 12월 26일
초판 1쇄 펴낸 날 | 2017년 12월 27일

지은이 | 온후
펴낸이 | 예경원

기획 | 위시북스
편집책임 | 이규재
편집 | 이즈플러스

펴낸곳 | 예원북스
등록번호 | 제396-2012-000132호
등록일자 | 2012. 7. 25
KFN | 제1-185호

주소 | 경기도 고양시 일산동구 호수로 646-24 위너스21 II 빌딩 206A호 (우)10401
전화 | 031-819-9431 팩스 | 031-817-9432
E-mail | yewonbooks@naver.com

ISBN 979-11-6098-620-4 04810
      979-11-6098-099-8 (set)

온후 판타지 장편소설

WISHBOOKS FANTASY STORY

전장의 화신

전장의
화신

CONTENTS

49장
지옥도

"진으로 들어가기 위해선 준비가 필요합니다. 일주일 후! 저희가 직접 모시러 가겠습니다."

자신만만한 표정.

그러면서 작은 고소 또한 품고 있다.

무영이 지옥도를 통과하지 못하리라고 확신하는 듯싶었다.

'일주일이라.'

내심 고개를 주억였다.

일주일이면 저들이 의도하는 모든 걸 파악하기엔 충분한 시간이다.

만에 하나 함정일 가능성도 염두에 둬야 하니까.

바로 시작하지 않는 게 오히려 무영에게 도움이 되는 셈이다. 파악하고 준비해 순식간에 몰아치는 것이 무영의 스타일이었으므로.

하지만 생색은 낼 필요가 있었다.

"나를 일주일이나 기다리게 할 셈인가?"

"그 이상은 시간을 줄이기가 어렵습니다."

"군림건조차 S급 법보 두 장을 약속하고 나와 싸웠다. 내가 일주일을 기다리고 지옥도를 파훼하면 너희는 내게 무엇을 줄 거지?"

"그건……."

전진하람. 진법과 관련하여 모든 걸 총괄하는 그다.

고민하는 척하지만 저게 연기라는 걸 무영은 안다. 그저 무식하게 무영의 도전 욕구만을 빌미로 온 건 아닐 터.

준비한 선물이 분명히 있을 것이다.

하나, 언급하지 않으면 그대로 넘어갈 셈이었겠지.

'여우.'

무영은 이런 자를 상대하는 데 그다지 익숙하지 않았다.

전진하람이 살짝 곤란하다는 표정을 지으며 말했다.

"무엇을 바라십니까?"

어디까지 생각하고 있는지를 떠볼 요량.

마찬가지로 S급 법보를 바란다면, 그는 거절할 것이다.

군림건은 군림세가의 절반을 움직이는 거인이었고 반대로 눈앞에 있는 전진하람은 고작 공방 하나를 다루는 책임자에 불과했으니.

그러나 무영도 그러한 보물을 원하진 않았다.

'전진세가엔 서적이 많지.'

무영은 기억을 더듬었다.

전진세가는 온갖 주술과 마법을 모으는 곳이다.

진법도 그중 하나일 뿐이었다.

그리고 아직 그 효용이 발견되지 않은 것이 몇 개 있었다.

"육성(六聖)에 들어가고 싶군."

"음……."

그제야 전진하람이 진정으로 곤란하다는 기색을 엿보았다.

육성.

전진세가에서 관리하는 가장 오래된 서고.

그곳엔 세상의 온갖 책이 모인다.

대륙을 관통하는 이야기부터 그냥 보고 버릴 잡서까지.

하늘 도서관과는 사뭇 다르다.

게다가 육성은 전진세가의 가주만이 들어갈 수 있는 장소.

무영도 이야기만 들었을 뿐 그 안에는 들어가 본 적이 없었다.

어쨌든 반대로 말하자면 가주만 허락하면 가능하다는 뜻이었다.

물질적인 것도 아니고 그저 들어가 보겠다는 거다.

실제로 전진세가는 육성에 들어가는 조건으로 무언가를 얻곤 하였다.

그곳은 그야말로 '진주 찾기'에 특화된 곳이었으니까.

대부분이 빈손으로 돌아간다는 게 아쉽긴 하나, 무영은 따로 노리는 것들이 있었다.

'천지무극, 군림지통, 일보만리……'

외에도 몇 가지.

모두 절세의 무학이라 칭하기에 부족함이 없는 것이었다.

그리고 그것들의 출처는 모두 육성의 안이었다.

수많은 무학과 잡학을 보고 익히면 무영검을 더욱 완벽하게 가다듬는 데 도움이 될 것이다.

지금은 비록 검을 50번 휘두르는 게 전부지만, 무영검은 총 100초식으로 완성이 되어야 한다. 아직 보고 익힐 게 많다는 뜻.

전진하람은 한동안 고민하다가 고개를 끄덕였다.

"좋습니다. 제 권한으로 가주께 이야기를 드려보지요. 하지만 육성의 안에서 지낼 수 있는 시간은 3일뿐입니다. 물론 지옥도를 통과할 경우에 한해서입니다만……."

"충분하다."

흔쾌히 수긍했다.

무영에게 3일은 다른 이들의 3일과 다르다.

3일이면 없던 성도 세울 수 있는 게 무영이다.

사령세가로 돌아온 직후 무영은 타칸을 풀었다.

"네가 해줘야 할 일이 있다."

"다시 한번 싸워주면 들어주지 못할 것도 없지."

타칸은 의욕을 불태웠다.

지난 2년.

무수히 많은 강자와 싸웠지만 그들 모두 타칸을 만족시키진 못했다.

하지만 무영은 다르다.

검의 극의를 향해 가는 자.

모두가 이미 극의라 말하지만, 타칸은 무영이 아직 진정한 극의에 이르지 못했음을 안다.

그래서 무섭다. 그렇기에 따라잡고 싶었다.

무영은 그런 타칸의 욕망과 적절히 타협할 줄 알았다.

침묵으로 긍정하며 요건을 꺼냈다.

"내가 지옥도로 향하면 군림건을 죽여라."

"군림건을?"

타칸이 의외라는 듯이 말했다.

하지만 군림건의 죽음은 군림세가와 군자성의 혼란을 위해 필요한 것이었다.

어차피 놈은 이대로 포기하지 않을 것이다.

군림건은 과격하다. 집요하다.

이대로 물러나는 건 말이 안 된다.

지금은 자중하고 있지만 무영이 지옥도로 향한다는 걸 그도 알 것이다.

무영이 지옥도로 들어가는 순간, 군림건이 움직일 것이라고 보았다.

그런 일이 일어나기 전에 제거한다.

또한 군림건의 죽음은 거대한 혼란을 낳아, 무영이 엘라르시고를 얻는데 수고를 덜어줄 것이었다.

"나는 몰래 숨어서 죽이는 건 잘 못 한다만."

"아인과 힘을 합치면 가능할 것이다."

아인은 최고위의 하이엘프다.

달의 축복으로 말미암아 어둠 속에서 몸을 숨기게 만들 수도 있었다.

인간의 기감으로는 잡는 게 쉽지 않게끔.

거기다가 타칸 본신의 실력이 더해지면 무영 못지않은 암살자가 만들어질 가능성조차 있었다.

무영이 할 수도 있지만 이 일은 무영이 지옥도에 들어간 뒤에 행해져야 한다.

'내가 용의자가 될 순 없지.'

결코 무영이 용의자로 올라선 안 된다.

그럼 반대로 일만 더 복잡해질 가능성이 있었다.

타칸은 실제 모습을 내보인 적이 없기에 걸려도 도망가거나 발뺌이 가능하다.

"그래도 가능성은 절반이다."

타칸도 진지하게 임했다.

무영은 어려운 문제가 아니라는 듯이 말했다.

"최대한 가능성을 끌어올려 주마."

"어떻게?"

"살수 수업이다."

스스슥.

무영이 주변과 동화되었다.

흠잡을 데 없는 완벽한 동화술!

타칸은 자신이 본 걸 엄청난 속도로 체득할 수 있는 능력자다. 살수 수업을 며칠만 받아도 어지간한 살수보다 강력한 그림자가 되리라.

타칸이 몸을 움찔했다.

그러곤 이내 흥미롭다는 듯 입을 열었다.

"이런 싸움도 나쁘지 않군."

눈 코 뜰 새 없이 바쁘게 약속한 일주일이 지났다.

타칸을 훈련시키고 남은 며칠을 이용해 무영은 전진세가

와 군림세가를 훑었다.

하지만 군림건이 이처럼 조용한 건 의외였다.

'내가 지옥도로 향하는 걸 알고 있다.'

지옥도에 들어가서 나온 사람은 여태껏 한 명도 없었다.

무영 또한 그러리라고 생각하는 모양이었다.

오히려 조용히 칼을 가는 중이었다.

하지만 그 칼을 무영에게 겨눌 예정이라는 게 그의 최대 실수였다.

은밀하게 향해올 비수를 과연 군림건은 막아낼 수 있을까?

'혼란은 기회가 되기도 하지.'

애당초 무영이 군자성에 온 이유는 하나였다.

고대병기 엘라르시고를 얻기 위해!

서은세는 엘라르시고가 지구를 멸망시킨 무기라고 하지만, 그게 사실이든 거짓이든 엘라르시고는 여러모로 무영의 전력을 높여주는 데 필요한 도구였다.

무영은 전진세가로 향하며 법보 두 장을 꺼냈다.

'유용하게 쓸 수 있겠군.'

군림건에게 받아낸 법보들이었다.

두 장 모두 S급답게 굉장한 효과를 지니고 있었다.

하나하나를 살폈다.

명칭: 이쉬타르의 방주 법보

등급: S

분류: 지속용

효과: 하늘을 나는 거대한 배, '이쉬타르의 방주'를 소환한다.

명칭: 조화의 여신상 법보

등급: S

분류: 1회용

효과: 조화의 여신상을 세운다. 효과는 영구적으로 지속되나 건설 기회는 1회에 한하며, 파괴되면 다시 복구하는 게 불가능하다.

+영지의 인구 성장 속도가 20% 상승.

+영지의 번식률이 20% 상승.

+영지가 침식되지 아니함.

+영지에서 태어난 생명체에게 영구지속 효과인 '조화의 축복 (체력+10)' 부여.

이쉬타르의 방주는 말 그대로 거대한 배다. 엘라르시고를 옮길 때 분명히 도움이 될 것이었다.

그리고 다음 물건은 조화의 여신상이 담겨 있는 법보였다.

어쩌면 군림건은 자신이 가주의 자리에 올랐을 때 이걸 사용하려 했던 게 아닐까.

그만큼 조화의 여신상이 가지고 있는 효과는, 적어도 영지의 주인이라면 무조건 탐을 낼 수밖에 없는 물건이었다.

이것을 다시 되찾기 위해서라도 군림건은 움직일 것이다.

하지만 한번 들어온 것들 다시 내어줄 생각이 무영에겐 없었다.

무영은 법보를 집어넣고 약속한 장소로 향했다.

넓은 연무장과 같은 곳에 전진하람을 비롯한 몇 명의 남자가 모여 있었다.

"오셨군요."

"지옥도의 준비는 끝난 건가?"

무영이 묻자 전진하람이 고개를 끄덕였다.

"준비는 완벽합니다. 하여 다시금 묻겠습니다. 지옥도에 들어간 이들 중에 나온 사람은 여태껏 한 명도 없습니다. 정말 도전하시겠습니까?"

도전 욕구를 자극하는 말. 그걸 '도전'이란 단어로 잘 포장했다.

무영은 어깨를 으쓱했다.

"내가 파훼하지 못할 진법은 없다."

"그렇다면 이걸 받으십시오."

전진하람이 검은색의 열쇠를 건넸다.

해골 문양의 검은색 열쇠는 딱 봐도 이질적인 기운을 풀풀 풍겼다.

"진법이라 했지만 지옥도는 정확히 다른 계로 통하는 문입니다. 우리는 그곳을 '또 다른 마계'라고 부릅니다. 그 외엔 저희도 알아낸 게 없습니다만."

쿠르르르릉!

온갖 수식으로 가득한 대지.

그 중심에서 땅이 갈리며 검은색의 문이 나타났다. 문은 커다란 해골의 중심에 있었고 그야말로 지옥도로 향하는 문이라는 걸 단번에 알 수 있을 정도였다.

"무운을."

전진하람이 가볍게 고개를 숙였다.

무운. 무운이라.

'내게 운세는 필요 없다.'

게다가 무운을 빌 상대를 잘못 골랐다.

무영은 내심 웃으며 문을 열었다.

쾅!

열쇠에 반응한 문이 열렸다.

그리고 그곳에서 튀어나온 수많은 손이 무영을 감쌌다.

조금 떨어져 그 장면을 바라보던 이들이 한마디씩 말했다.

"이렇게 한 명이 더 가는군요."

"쯧쯧, 무식한 건지 용감한 건지."

어느 누구도 무영의 무사 귀환을 생각하는 자는 없었다.

단 한 명.

전진하람을 제외하곤 말이다.

"그는 조금 다를 수도 있을 것 같군."

사람들이 말도 안 된다는 듯이 고개를 저었다.

"다를 수가 있겠습니까? 아무리 강해도 지옥도는 평범한 진법이 아닌걸요."

"그런데 이상한 일입니다. 그가 정말 지옥도에 대해서 몰랐을까요? 눈과 귀가 있다면 지옥도에 들어가도록 군림건이 부추겼다는 것쯤은……."

전진하람이 눈썹을 찌푸렸다.

"그래서 나는 더욱 그가 돌아왔으면 좋겠다. 이번 일은 뭔가 내키지 않아."

그를 상대하는 시종일관 왜인지 기분이 찝찝했다.

이유를 도무지 모르겠다는 게 문제다.

그나마 걸리는 게 있다면…….

'눈빛.'

웃는 낯짝을 하고 있었지만 그 속에 숨겨진 거대한 무언가가 있는 것만 같았다.

강함의 여유인가, 아니면 정말 멍청한 건가.

'내키지가 않아…….'

가슴에 응어리가 진 느낌.

무슨 짓을 해도 이 응어리는 풀릴 생각을 하지 않았다.

전진하람은 혀를 차며 몸을 돌렸다.

어쨌건 일을 끝냈다. 나머진 결과가 말해줄 것이다.

히야아아아!

문에 들어선 즉시 령들이 울부짖었다.

으스스하고 어둡기 그지없으나 무영은 마치 고향에 온 것처럼 익숙했다.

'내가 생각하는 지옥도가 맞았군.'

육도.

그중 2계에 해당하는 지옥도!

설마 이런 식으로 내방하게 될 줄이야. 그것도 육체를 가지고서 말이다.

지옥도에 산 자가 들어오자 령들이 발광을 해대기 시작했다.

하지만 령들은 쉽사리 무영에게 다가오지 못했다.

거대한 신성력과 거대한 어둠이 무영의 몸에 함께하고 있었던 탓이다.

'본의는 아니지만……'

무영은 모든 한계를 풀었다.

쿠릉! 쿠르릉!

주변의 공간이 왜곡됐다.

회색으로 이루어진 여섯 개의 날개가 돋아나며 거대한 돌풍을 일으켰다.

히야아!

령들이 도망갔다.

무영은 그런 영들에게 손을 뻗었다.

그러자 령들이 무영에게 흡수되듯 끌려오기 시작했다.

'먹어 치워야겠다.'

노다지!

손쉽게 많은 이익을 얻을 수 있을 때 사람들은 흔히 '노다지'란 표현을 사용하곤 한다.

이곳, 지옥도는 무영에게 있어서 노다지였다.

한 번 들어오면 절대로 나갈 수 없는 곳. 어느 누구도 빠져나가지 못한 또 다른 마계!

모든 이가 이곳을 그야말로 '지옥'처럼 여겼으나 무영은 마치 고향에 돌아온 것처럼 편안한 기분이었다.

아수라도를 정복하고 그곳의 진정한 군주였던 '루키페르'를 거둔 뒤 지옥도가 열렸다는 창은 보았으나 아직은 시기상조라 생각해서 시도를 하지 않고 있었다.

아수라도보다 더욱 강화된 망령들. 천하의 멀더던조차 고작 '4급'이라 판정되지 않았던가.

하지만 막상 도착하니 알겠다.

때가 무르익었음을.

이곳마저 정복했을 때 한 발 더 나아갈 수 있을 것임을!

쫘아악!

법보 한 장을 찢었다.

그러자 무영의 앞으로 한 인영이 모습을 드러냈다.

"서은세."

"부르셨나요?"

서은세가 씽긋 웃었다.

본래라면 그녀는 사령세가에 남아 갖가지 업무를 봐야 하지만, 지옥도로 향하는 만큼 잠시 법보화시켜 두었다.

그리고 지옥도 안에서 불러들였다.

"이곳을 하나의 진법으로 본다면 중심이 되는 것, 혹은 장소는 어디지?"

서은세는 모든 진법을 파훼할 수 있는 능력자다.

전진세가는 진법으로 말미암아 지옥도를 열었다.

마찬가지로 지옥도 역시 누군가가 만든 거대하기 짝이 없는 '진법'이라 보아도 무방하다는 말.

당연히 만든 이는 아수라이겠지만 이것을 파악하는 일은 무영의 능력 밖이었다.

하지만 서은세 역시 무영이 가진 힘의 일부. 그렇다면 아낌없이 사용하면 그만이었다.

"크기가 너무 방대해요. 하지만 강력한 악귀를 몇 잡아들이면 진체를 파악할 수 있을 것 같아요."

무영은 고개를 끄덕였다.

과연 한눈에 요체를 파악한 듯싶었다. 전체를 둘러보기 위해선 중심이 되는 악귀 몇을 잡아들일 필요가 있는 것이고.

어차피 무영도 그냥 구경만 할 생각은 없었다.

힘을 키울 기회.

신체를 가지고 넘어온 이상, 이곳에서의 성장은 무영의 모든 것에 영향을 끼친다.

키이이이!

크라아아아!

법보를 늘어뜨리자 일곱 기의 본 드래곤이 나타났다.

위세 좋게 주변을 날아다니며 망령들에게 겁을 주었다.

짙은 죽음의 힘 앞에 어정쩡한 망령들은 감히 가까이 다가올 엄두도 내지 못했다.

이어, 무영은 멀더던을 불렀다.

-흐음? 여기는 또 어디냐?

"지옥도다."

해마의 머리를 하고 있는 멀더던이 자신의 군세와 함께 모습을 드러냈다.

족히 1만을 헤아리는 망령.

하지만 변화는 있었다.

1만에 다다르는 망령은 그동안 아무런 형체도 갖지 못했지만 이곳 지옥도에서 소환되자 생전의 모습을 갖추기 시작했다.

온갖 이종. 인간부터 시작해서 엘프나 드워프 등의 유사인종도 수없이 섞여 있었다.

그들은 아무런 표정도 짓지 않고 저마다의 무기를 든 채 무영의 옆으로 모였다.

멀더던도 제대로 된 형태를 갖췄다.

─오호라. 다음 계(界)를 정복할 때가 온 것이렷다! 그렇다면 내가 맡겨라. 나 멀더던이 주변 잡귀들을 다 쓸어버리겠으니. 으하하!

바위와 같이 단단한 몸. 해마와 비슷한 머리 위에는 왕관을 썼고, 몸체는 개구리와 비슷했으나 조금 더 각이 졌다.

두 발로 걸으며 세 개의 날이 서 있는 창을 들고 있었는데 무영의 두 배 정도 되는 크기가 제법 위압감이 있었다.

하지만 무영은 개의치 않으며 말했다.

"네가 할 일은 미끼다."

─미끼?

멀더던이 그게 무슨 말이냐는 듯 무영을 바라봤다.

일만의 군세. 거기에 멀더던은 분명히 망령들 중에선 강한 축이지만 이곳은 지옥도다.

무영이 상태창 시계를 멀더던에게 비췄다.

그러자 그와 관계된 정보들이 떠올랐다.

〈사용자 '무영'이 가진 망령들을 힘에 따라 분류합니다.〉

〈4급 – 멀더던〉

〈6급 – 77마리〉

〈7급 – 885마리〉

〈8급 – 2,794마리〉

〈9급 – 6,787마리〉

가장 높은 게 멀더던이다.

그마저도 4급.

지옥도에는 1급까지의 망령들이 분포해 있었다.

멀더던 혼자 나서게 했다간 전멸을 면치 못한다.

"강력한 망령들 주변을 돌며 그들을 유인해라."

―……끄으으응.

"군세를 키워야 한다. 지옥도는 호락호락한 장소가 아니다."

아수라도의 군주 루키페르!

놈이 본신의 힘을 찾아 싸운다면 아직도 무영은 승리를 장담할 수 없었다. 아마도 높은 확률로 패배하리라.

그나마 무영이 루키페르와 상극의 힘을 갖고 있고 영혼을 쥐고 있어서 얌전히 지내고 있을 따름이었다.

그럴진대 지옥도라고 루키페르와 같은 강자가 없을까?

신중히 다가가야 한다. 자칫 잘못했다간 육신과 영혼을 뿌리째 빼앗길 가능성이 있었다.

물론 그를 감안해도 이곳은 무영에게 노다지가 맞았다.

이곳이라면 정체되어 있던 망령들의 힘도 키울 수 있으리라.

샤아아아아아!

지옥도는 마른 평지가 끝없이 늘어선 곳이었다.

하지만 곳곳에 거대한 탑들이 세워진 상태였다.

탑의 꼭대기엔 붉은 기운들이 모여 있었는데 그것이 마치 눈처럼 보였다.

탑 위의 붉은 눈들이 무영을 직시했다.

〈지옥도는 44개의 '지옥탑'으로 구성되어 있습니다.〉

〈강력한 망령들을 손에 넣어 '지옥탑'을 정복하세요.〉

〈'지옥탑'은 지옥도와 현실의 경계를 잇는 이정표이자 영향력을 뜻합니다.〉

〈지옥도의 주인이 되면 지옥도의 망령들이 현실에서도 강력한 힘을 발휘할 수 있게 됩니다.〉

44개의 지옥탑.

그리고 지옥도의 중심 역할을 하는 진체가 존재할 것이다.

그 모든 걸 손에 넣어야 직성이 풀릴 것 같았다.

멀더던은 미끼의 역할을.

그리고…….

'쓸어버리는 건 나의 역할이다.'

사냥의 시작이었다.

지옥도는 억겁의 시간 동안 존재했던 괴물 등이 죽어서 오는 곳이었다.

어쩌면 처음부터 존재하지 않았을 이야기로만 전해지던 괴물도 지옥도엔 존재하고 있었다.

현실과 가상을 아우르는 장소가 바로 지옥도였다.

무영은 멀더던이 이끌고 온 망령을 바라봤다.

거대한 동체. 여덟 개의 꼬리.

〈2급 망령 '팔미호'를 발견했습니다.〉

처음 봤다. 마계에도 별의별 괴물이 다 있었지만 팔미호나 구미호는 없었다.

여덟 개의 꼬리가 마치 문어의 발처럼 움직이며 멀더던과 망령들을 휘저었다.

쾅! 쾅!

일반적인 망령은 결코 아니었다.

그저 혼의 형태로 있었다면 보일 수 없을 파괴력.

만약 지옥도를 벗어나 현실에 대입되었다면 능히 최상급의 괴물로 취급받았을 수준이다.

크아아아아아!

하지만 팔미호는 무영이 파 놓은 덫에 걸렸다. 사방으로 압박하는 일곱 기의 본 드래곤이, 팔미호의 전신을 물어뜯기 시작했다.

팔미호가 비명을 내지르고 곧이어 쓰러지자 무영이 다가갔다.

'영혼 착취.'

영혼 착취는 자신의 언데드에게 사용하면 무영의 능력치가 올라간다.

하지만 이처럼 망령에게 사용하면 해당 망령을 흡수하고 '지배'할 수 있었다.

키아! 키아아아아!

〈'팔미호'의 영혼을 착취하고 있습니다.〉

〈'팔미호'의 영혼이 거세게 저항합니다.〉

〈'팔미호'를 흡수했습니다.〉

〈순수 힘이 '2' 증가했습니다.〉

꽤 과정이 길었다.

급이 높은 망령은 흡수하는 데 실패할 가능성이 있는 듯싶었다.

능력치가 오른 건 소폭이지만 이미 무영의 능력치 자체가 너무나도 높았던 탓에 이만큼 오른 것도 대단한 것이었다.

흡수에 성공한 뒤 무영의 주변으로 다시금 팔미호가 재구성되었다.

이런 식으로 벌써 300이 넘는 망령을 지배했다.

그리고 그중 대부분이 꼬리가 여러 개 달린 거대한 여우였다.

'이곳은 여우의 영역인 모양이군. 몇 개의 마을을 이루고 있어.'

하지만 꼬리가 여덟 개나 달린 건 처음이었다.

어쩌면 정말로 구미호가 있을지도 모른다.

—강한 망령들을 흡수할수록 나도 강해지는 기분이다.

멀더던이 자신의 몸을 돌아보곤 의외라는 듯이 말했다.

지옥도는 모든 망령의 근원과 같은 장소다.

이곳에선 망령들도 무한히 성장하는 게 가능하다.

"여우들의 마을에 대해선 파악이 끝났나?"

—탑을 중심으로 여러 마을이 있다. 가장 가까운 마을은

여기서 30분이면 충분하지.

"그럼 급습을 해야겠군."

무영은 침략자다.

하지만 시간을 끌어서 좋을 게 없었다.

이질적인 존재는 배척받는 법.

실제로 44개의 탑이 하나둘 무영에게 시선을 주고 있었다.

어쩐지 저 모든 탑의 시선이 무영에게 향하는 순간 걷잡을 수 없는 일이 일어날 것만 같았다. 그 불안을 해소하기 위해서라도 조금이라도 빨리 군세를 키워야 했다.

무영이 움직이자 일만이 넘는 군세가 함께 이동하기 시작했다.

44개의 탑은 각자 주인이 있었다.

가장 강한 종족 44개가 탑을 하나씩 맡고 있었으며 그들의 주 역할은 넘쳐흐르는 망령들의 숫자를 제한하고 이질적인 존재를 제거하는 일이었다.

여우신 라호라는 자신의 영역을 침범한 미지의 존재에 대해 진즉에 눈치를 채고 있었다.

"라호라시여, 알 수 없는 존재가 저희를 공격하고 지배하고 있습니다."

라호라의 앞으로 구미호들이 모였다.

라호라는 10개의 꼬리를 가진 진정한 여우의 신.

만 리 밖을 볼 수 있는 신안(神眼)을 가졌다.

그렇기에, 미지의 존재가 누구인지도 알았다.

"그는 아수라도의 주인이다."

"아수라도라면 제1계를 말하시는 겁니까?"

"그곳의 진정한 주인이 패하고 새로운 주인이 나타났다. 그가 이번엔 2계인 지옥도를 삼키고자 움직이고 있느니라."

"그는 저희를 지배할 수 있는 힘을 가졌습니다. 어찌해야 좋겠습니까?"

가장 까다로운 건 지배의 힘이다. 항거할 수 없는 그 능력 앞에 벌써 수백의 동료가 지배당하고 있었다. 만약 그러한 권능이 없었다면 모두가 합심해서 존재 자체를 지워 버렸을 것이다.

"다른 탑의 주인들은 아수라도의 새로운 주인에게 많은 관심을 보이고 있느니라. 우리의 대처를 보고 그의 역량을 파악한 뒤 움직이려 할 테지."

다른 탑의 주인들 대부분이 이미 무영의 존재를 파악하고 있을 것이었다.

이는 추측이 아닌 확신이었다.

하지만 그저 지켜만 보고 있는 건 무영에 대한 파악이 끝나지 않았기 때문이다.

새로운 아수라도의 주인.

단지 그 사실만 가지고 움직이기엔 위험 부담이 컸다.

라호라를 비롯한 여우들이 전멸해야 다른 행동을 취하리라.

하지만 라호라의 입장에선 그것만은 피해야 했다.

그들이 움직이는 건 라호라를 비롯한 여우들이 패배한 뒤일 테니!

"아랑가를 불러라."

"아랑가는 저주 받은 구미호가 아닙니까?"

"아랑가의 저주라면 지배의 권능을 약화시킬 수 있을 것이다."

모든 여우가 견제하고 있는 건 바로 그 권능이었다.

권능으로 말미암아 지배를 당하고 다른 여우들을 공격한다면 그 피해가 걷잡을 수 없이 커지게 된다.

그러기 전에 수를 써야 한다.

아랑가라면 아수라도의 새로운 주인에게 타격을 줄 수 있을 터.

'아수라도의 진짜 주인이 아니라면 지옥도를 지배할 수 없을 것이다.'

아랑가가 가진 저주는 타락이었다.

타락의 힘으로 권능을 상쇄하면 다른 여우들로도 충분히 상대할 수 있다는 계산이 나왔다.

하지만 신안을 가진 라호라도 알지 못하는 게 있었다.

무영이 루키페르를 몰아내고 아수라도를 정복하긴 했으나 단지 그게 전부가 아니라는 걸.

그 루키페르조차 무영의 안에 있다는 것을.

그리고…… 무영은 절대로 '타락'하지 않는다는 사실을 말이다.

가브리엘의 날개가 솟구쳤다.

날개에서 뻗어 나간 수천 개의 깃털이 비수가 되어 지상을 마구 헤집었다.

그 숫자. 정확히 7,777개.

하나하나의 위력은 별게 없지만 무영이 가진 스킬 중에서 대규모로 타격을 주기엔 가장 좋은 방법이었다.

―여우들의 구슬을 먹었더니 더 강해졌다. 힘이 흘러넘친다!

마을 하나를 급습하고 거대한 여우의 형태를 한 망령들을 사냥했다.

마을의 장으로 보이는 여우가 일곱 개의 꼬리를 가졌는데, 과연 팔미호 이상은 잘 눈에 띄지가 않았다.

그리고 멀더던은 망령들을 움직이며 여우를 사냥해 그들의 구슬을 빼앗았다.

여우 구슬에 모여 있는 힘을 흡수하자 멀더던에게 변화가 일어났다.

〈멀록 왕 멀더던의 혼이 더욱 강렬해집니다.〉

〈4급 → 3급으로 진화했습니다.〉

〈'바다의 창'을 다룰 수 있게 되었습니다.〉

혼의 격이 상승하며 죽기 전 사용했던 힘을 조금씩 찾아가고 있었다.

멀더턴은 본래 바다를 평정했던 왕이었고 71좌의 마신 단탈리안에게 속아서 죽은 뒤 망령이 되었다. 그 힘마저 거의 잃은 상태로 말이다.

-오오! 바다의 힘이 다시금 나를 허락하였도다!

멀더턴이 든 창에서 파란빛이 흘러나오기 시작했다.

바다의 힘을 온전히 두른 창은 휘두를 때마다 수많은 물을 소환했다.

거센 물결이 여우들을 덮치자 도망도 칠 수 없었다.

-으하하하! 크하하하하하!

본신의 힘을 되찾고 있어서 기분이 좋은 듯싶었다.

무영은 가브리엘의 날개를 접어, 한창 신이 난 멀더턴의 뒤쪽으로 다가갔다.

이곳 마을의 장으로 보이는 칠미호가 피를 흘리며 쓰러져 있었다.

"라호라 님께서 너희를 벌하시리라!"

"라호라가 너희의 주인인 모양이로군."

무영은 어깨를 으쓱했다.

지옥도 자체와의 전쟁이었다.

그들의 주인이 존재한다면 응당 싸워야 한다.

아수라에 의하여 '육도(六道)'를 전승받았을 때부터 이는 예견된 일이었다.

무영은 여섯 계를 보았고 그 계의 가능성을 보았다.

본신의 무력도 중요하지만 여섯 계를 통일하면 감히 마신들과도 견줄 수가 있을 것 같았다.

1계. 아수라도에선 타칸과 칼라 그리고 루키페르를 얻었다.

그것만으로도 무영은 비교하지 못할 힘을 가진 셈이었다.

자격.

모든 것을 대적할 자격을 그때 얻은 듯했다.

그리고 2계. 지옥도는 무영에게 진정한 군세를 만들어줄 장소였다.

솔직히 무영의 군세는 그동안 많이 부실했다.

마신의 영역에서 힘을 키워가고 있었으나 즉각적인 전력은 아니었다.

무한한 가능성을 지닌 황금알이었지.

하지만 엘라르시고와 지옥도의 힘이 합쳐지면 즉각적으로 사용할 수 있는 엄청난 힘이 생긴다. 감히 상상을 초월할 군세가 완성되는 것이다.

그러나 둘은 그저 소모되어 간다. 재생되진 못한다.

이처럼 일장일단이 있었다.

마신의 영역에 존재하는 영지가 아직도 기능을 하고 있다면 엘라르시고와 지옥도의 뒤를 이을 수 있도록 성장시킬 것이었다.

그 발판을 만들기 위해서라도 지금 지옥도를 정복하는 일은 무영에게 있어서 무척이나 중요했다.

"라호라께서 너희를 벌하실……."

퍽!

무영이 발을 놀렸다.

칠미호의 입을 부쉈다.

이들은 망령이고 이곳은 지옥도다.

전쟁이 벌어진 이상 자비는 사치다.

쿠오오오오오!

그때였다.

서쪽의 하늘이 까맣게 물들어 갔다. 그리하여 검은 구름들이 조금씩 무영이 있는 방향을 향해 다가오는 중이었다.

―강력한 기운이 느껴진다. 지금의 내 힘으로는 상대하기 어려울 것 같구나.

한창 신이 나 있던 멀더딘이 몰려오는 구름을 보고선 즉각 꼬리를 내렸다.

그만큼 같은 망령으로서 격의 차이가 느껴진 탓이다.

멀더딘. 근거 없는 자신감으로 똘똘 뭉쳐 있는 그가 저런 모습을 보이는 건 색달랐다.

팔미호 앞에서도 저러진 않았건만.

'구미호.'

팔미호 이상의 존재는 구미호, 혹은 저들이 부르짖던 라호라밖에 없으리라.

하지만 우르르 몰려오진 않은 듯싶었다.

'차라리 잘됐다.'

모든 여우가 합심하여 공격했다면 일이 복잡해졌을 것이다.

무영의 군세는 아직 완성되지 않았다. 아무리 강자가 다수를 이긴다고 하더라도 한계가 있다. 홀로 다 상대할 수 있었다면 마신들이 왜 굳이 마왕과 마족을 휘하에 두겠는가.

그러나 저처럼 소수로 공격해 온다면 오히려 환영할 일이었다.

"제가 상대할까요?"

서은세가 물었다.

구미호라도 서은세라면 상대할 수 있을지 모른다.

그녀는 이미 전성기 때의 힘을 되찾았고 그 이상으로 강해진 상태이니.

하지만 궁금증이 일었다.

구미호. 마계엔 없는 괴물. 그저 전승이나 이야기 따위로만 전해지던 요괴이자 신수다.

존재하지 않을 줄로만 알았던 괴물이 지옥도에는 많다. 어쩌면 지옥도는 '이야기의 승화'가 이루어진 장소일지도 모르겠다.

그러니 그 전승의 주인들과 자신의 힘을 한 번 비교해 보고 싶다는 아주 단순한 생각이 무영의 머릿속에 자리 잡았다.

"아랑가!"

"아악! 아랑가가 나타났다!"

여우들이 검은 구름을 보자 발광을 해댔다. 무영의 공격으로 혼비백산했을 때보다 더욱 반응이 격했다.

지금 다가오는 존재의 이름이 아랑가라는 걸까?

'불길하군.'

게다가 여우들의 반응대로 상대는 무척이나 불길했다.

무영이 느끼기에도 이 정도라면 필히 무언가가 있음이다.

"내가 상대하지."

툭! 투툭!

날개가 활짝 펴졌다.

자세를 낮추고 뛰어오른 순간, 엄청난 속도로 무영은 검은 구름에 부딪쳤다.

캬아아아아!

구름 속엔 검은색의 구미호가 있었다. 정확히 말하자면 구미호의 형상을 한 구름이었다.

쿠우웅!

아랑가가 거대한 앞발로 무영을 후려쳤다. 마치 앞발이 순간이동을 한 것처럼 무영의 앞에 나타나 방어가 살짝 늦었다.

쿵!

무영이 다시금 바닥에 처박혔다.

무영은 한 차례 머리를 휘젓고 푹 파인 바닥에서 일어났다.

'구름 그 자체로군.'

갑자기 앞발이 사라지고 나타나 무영을 공격할 수 있었던 이유다.

게다가 맞은 가슴팍에 검은 기운이 쓰여 있었다.

'이건?'

〈강력한 저주가 심어졌습니다.〉

〈닿는 순간 모든 것을 나락으로 떨어뜨리는 힘! 타락의 힘입니다.〉

〈가브리엘의 권능이 발동합니다.〉

〈수호의 힘! 가브리엘의 권능이 있는 이상 결코 타락하지 않습니다.〉

〈하지만 타락하지 않을 정도의 저주가 남아 있습니다.〉

〈남은 잔재를 루키페르가 흡수했습니다.〉

〈저주가 완전 상쇄되었습니다.〉

'별미로군.'

무영이 생각한 바가 아니었다.

루키페르. 놈이 오랜만에 잠에서 깨어나 타락의 남은 잔재를 먹어치운 것이다.

"저건 네 친구인가?"

검은색 구름이 쇄도하며 무영을 향해 달려드는 중이었다.

스릉!

비탄을 꺼내자 루키페르가 답했다.

'악신의 저주를 받은 것과 나를 비교하지 마라.'

악신? 마신이랑은 다른 건가?

무영은 비탄을 잡고 다시금 뛰어올라 구름을 반쪽으로 베었다.

그러자 구름이 합쳐지며 무영의 신체를 포박했다.

그제야 불길함이 느껴졌던 이유를 알 것 같았다.

"귀찮군."

아랑가는 매우 귀찮은 상대였다.

여우들의 신, 라호라는 자신의 여우 구슬로 처음부터 그 싸움을 지켜보고 있었다.

아랑가는 가진 타락의 힘이 너무나도 강대하여 라호라조차 멀리했던 존재.

그동안은 깊은 곳에 봉인해 두었지만 아수라도의 주인을 맞이하여 한시적으로나마 풀어두었다.

라호라는 아랑가의 승리를 점쳤다.

결국 아수라도의 주인이 사용하는 힘만 상쇄하면 허수아

비와 다를 바 없다고 생각한 것이다.

하지만…… 그 생각이 틀렸다는 걸 깨닫는 데에는 오랜 시간이 필요하지 않았다.

'저주가 통하지 않는다니.'

아랑가의 저주는 권능조차 타락시킨다.

처음 무영이 아랑가에게 닿았을 때 이제 끝이라고 여겼건만, 무영은 멀쩡했다.

너무나 멀쩡해서 문제였다.

타락의 힘이 언제 있었냐는 듯 지워졌다.

하나 괜찮을 줄 알았다.

아랑가는 실체가 없다. 혼조차 투명하여 강력한 주술이 아니면 상대조차 하지 못한다.

실체가 없는 걸 어찌 지운단 말인가?

"안 돼!"

싸움의 양상을 바라보던 라호라가 비명을 내질렀다.

무영의 검은 이상했다. 공격을 하자 구름이 베어졌다. 물론 다시 합치면 그만이지만 그 속도가 현저히 느려지고 있었다.

공격이 통한다는 방증.

하지만 무영에게선 주술의 흔적이 느껴지지 않았다.

주술 자체를 모르는 존재가 어찌 아랑가를 상대한단 말인가!

아랑가는 시간이 지날수록 얕아져 갔다.

그리고…….

"막아라! 막아야 한다! 아랑가가 그에게 지배되어선 아니 된다!"

라호라가 벌떡 일어났다.

귀찮았지만 탐이 났다.

아랑가가 가진 힘. 루키페르와 연관이 깊은 그 단어.

타락!

무영은 타락하지 않지만 누군가를 타락시키는 그 힘만큼은 한 번쯤 맛보고 싶었다.

그래서 무영은 아랑가를 지배하려 하지 않았다.

온전히 자신의 힘으로 흡수하려고 했다.

'권능 포식자.'

루키페르의 힘.

상대의 권능을 하나 빼앗아 오는 권능!

무영의 등 뒤에서 수많은 손이 생겨나 아랑가의 구름을 덮쳤다.

캬아아! 캬아아아아!

아랑가가 몸부림쳤다.

하지만 그래 봤자 몸부림일 뿐이었다.

타락의 힘이 통하지 않는 천적 앞에서 아랑가는 무력했다. 그도 그럴 게 단순 구미호의 능력으로는 무영을 압도할 수 없었다. 이야기로만 전해지던 요괴. 그 힘은 확실히 뛰어났으나 무영은 이미 초월을 향해 달려가고 있는 자였다.

결국 이야기의 승화만으로는 무영을 당해낼 수 없다는 뜻.

〈상대의 권능을 포식합니다.〉
〈가브리엘의 힘이 거부합니다.〉
〈'타락의 권능'이 '비탄'에 새겨졌습니다.〉
〈권능을 흡수한 비탄의 격이 상승합니다.〉
〈그 격에 따라 무작위로 새로운 기능이 새겨집니다.〉

하지만 나타난 결과는 의외였다.

아랑가의 구름이 비탄 속으로 모두 들어갔다.

타락의 힘은 무영을 거부했으나 그 대신 비탄에 새겨진 것이다.

비탄은 그야말로 순수한 검정색이 되었다. 빛에 대어도 광조차 나지 않았다.

안 그래도 불길해 보이는 검이었는데 지금은 그 수위를 넘어섰다.

불길함 그 자체!

무영은 비탄을 더욱 자세히 보았다.

그러자 관련된 정보가 떠올랐다.

명칭: 비탄

등급: S+++

내구: 444,444(수리 불가)

분류: 무기

효과: 그레모리의 비탄이 담긴 검. 특수 조건이 개방된 상태. 반신의 격을 갖추게 되었다.

* 반신(유일)

* 닿은 적에게 '진마의 저주' 전파

* 적의 피를 흡수해 체력으로 전환

** 닿은 이를 타락시키는 힘

** 다크 기간트 라이트닝(S++, 30일에 한 번 사용 가능)

* 탐식(검 흡수. 흡수한 검의 내구를 비롯한 모든 걸 가져온다.)

* 힘+75

* 투기+30

* 지능+45

* 모든 능력치+15

* 분노의 함성

* 모든 공격과 결계 스킬 강화

"……!"

S+++!

이제 다음 단계까지 한 발자국 남았을 뿐이었다.

그런데 반신의 격을 갖추게 되었다니.

검으로서 다다를 수 있는 거의 마지막까지 다다른 셈이었다. 한 발자국만 더 디디면 전설상으로만 전해지는, 어쩌면 바알만이 갖고 있을지 모른다는 마지막 단계의 무구가 된다.

새로 추가된 기능도 놀랍기 그지없다.

다크 기간트 라이트닝.

이름마저 범상치 않다. 게다가 그 등급이 무려 S++다. 단순 공격형 스킬이라도 그만한 등급이면 어떠한 위력을 발휘할지 상상조차 되지 않았다.

사실상 인류 중에 S++ 등급의 스킬을 보유한 사람도 없었으므로.

비탄을 바라보는 무영의 눈이 미세하게 떨렸다.

하지만 저 긴 이름을 영창하며 스킬로 사용하긴 어려울 듯싶었다.

하여, 무영은 이름을 바꾸기로 했다.

'흑뢰(黑雷)라고 불러야겠다.'

스킬의 이름은 결국 사용자가 인식하기 나름이다.

더욱 빠르고 간편하게 부를 이름이 있으면 좋다.

기억하기 쉽게. 뇌리에 더욱 빠르게 떠올릴 수 있도록.

다크 기간트 라이트닝은 이름이 너무 길었다. 그럴 바엔 짧게 흑뢰라고 인식하고 있는 편이 나을 것이었다.

무영은 비탄을 더욱 자세히 살폈다.

타락의 기운이 넘실거리며 주변을 감싸고 있었다.

비탄으로 바닥을 쓸자 땅이 무르며 까맣게 물들었다.

'닿는 것만으로도 충분한 것인가.'

몇 가지를 더 시험해 보며 타락에 대해 알아야 할 것 같았다.

하나 한 가지 확실한 건 만약 무영이 아닌 이가 비탄에 손을 댄다면 타락하고 말 터였다. 어떠한 형태로든 좋지 않은 일이 벌어지겠지.

오로지 타락으로부터 자유로운 무영만이 비탄을 쥘 수 있고, 온전히 사용할 수 있다.

'마검이 따로 없군.'

작게 웃고 말았다.

비탄이 나아가는 방향은 어둠과 굉장히 밀접하고 있었다.

닿는 순간 저주와 타락의 힘을 발휘하는 검!

마검 그 자체였다.

주인을 잡아먹을 수도 있는 검이니 감히 마검이라 불러도 손색이 없으리라.

무영은 한 차례 비탄을 털고는 몸을 돌렸다.

"아, 아랑가가 죽다니……."

"아랑가는 불사의 몸이 아니었던가?"

"아아……."

남아 있던 여우들은 저항을 포기했다.

아랑가는 그들에게 있어서도 강력한 공포의 상징.

그런 공포를 무영이 제거했으니 싸울 의욕 자체를 잃어버린 것이다.

안 그래도 승기가 많이 기울었는데 이제는 되돌리는 것마저 늦었다.

'영혼 착취.'

무영은 그런 여우들을 지배했다.

수많은 손이 뻗어 나가 여우들의 혼을 겁박하였다.

이후 고개를 돌려 가장 가까이에 있는 거대하게 솟은 탑을 바라봤다.

탑 쪽에서 하늘하늘한 옷을 걸친 몇몇 여인이 모습을 드러낸 것이다.

"아수라도의 왕을 뵙습니다."

다섯 명.

더할 나위 없는 아름다움을 지닌 여인들이었다.

극상이란 표현이 이처럼 어울릴 수 없었다.

어지간한 남자라면 홀릴 수밖에 없는 미모와 자태로 무영에게 다가와 한쪽 무릎을 꿇었다.

무영은 적어도 그러한 부분에선 자유롭지만 다른 이유 때문에 눈살을 찌푸릴 수밖에 없었다.

'일반 여우가 아니로군.'

다른 여우들과 존재감이 다르다.

심지어 팔미호조차 눈앞에 다섯과 비교하기가 미안할 수

준이었다.

아랑가와 마주했을 때와 비슷한 느낌.

'구미호들.'

앞에 있는 다섯 모두 구미호였다. 꼬리를 감추고 인간의 모습으로 둔갑한 것이다.

하지만 이해가 가지 않았다.

무영은 자신이 침략자라는 걸 숨길 생각 자체가 없었다.

그런 침략자 앞에서 무릎을 꿇고 예를 다한다?

"무슨 꿍꿍이지?"

"라호라께서 뵙고자 하십니다."

예상외의 이름이 나왔다.

라호라!

탑의 주인이 무영을 만나고자 한다.

하지만 무영에게 아랑가를 보낸 것도 라호라일 것이었다.

힘으로 제압이 힘들다는 걸 깨닫고 항복 선언이라도 하려는 걸까?

무영은 다시금 탑을 바라봤다. 탑의 붉은 눈동자가 무영을 똑바로 직시하고 있었다.

저 눈이 무척이나 기분 나쁘다.

아마…… 무영의 일거수일투족을 훔쳐보고 있는 것이겠지.

"거절한다면?"

"부디 그러한 선택을 하지 마시길. 라호라께선 자비로우

신 분. 더 이상의 출혈을 바라지 않습니다."

구미호들의 말엔 제법 진심이 섞여 있었다. 더 이상의 전면전은 피하고 싶다는 의도가 다분히 엿보였다.

하지만 아무런 의도 없이 다가오진 않았을 터.

"라호라가 내게 바라는 게 무엇이냐?"

"라호라께선 욕심이 없으십니다. 하지만 바라신다면 아수라도의 왕께서 이곳 지옥도를 평정하는 것을 도와드릴 수 있을 것입니다. 아주 오랜 시간 지옥도엔 진정한 왕이 없었지요."

새롭게 안 사실이다.

지옥도에 왕이 없다니. 루키페르와 같은 절대자가 존재하지 않는다는 뜻이다.

하지만 눈앞의 구미호들에게선 아랑가 못지않은 힘이 느껴졌다.

다섯 모두를 동시에 상대하려거든 무영도 마냥 무사치는 못하리라.

그것을 구미호들도 알고 있는 듯싶었다.

'친선이라.'

무영은 잠시 고민했다.

생각도 못했던 부분이다.

지옥도의 망령들이 무영을 반길 리 없을뿐더러 무영은 그저 지배할 생각이었기에 접점이 생기리라곤 전혀 예상하지 못했다.

하지만 구미호들이 이 정도라면 탑의 주인인 라호라는 더한 힘을 발휘할 수도 있을 것이다.

그리고 그런 탑이 무려 44개나 있었다.

한데 라호라는 무영이 지옥도를 평정하는 걸 돕겠다고 한다.

무영으로선 마다할 이유가 없는 제안.

"의심하지 마시옵소서. 괜한 출혈을 일으키고 싶지 않을 뿐입니다."

어떻게 보면 무영은 그들의 적이다.

적 앞에서도 웃음을 잃지 않는 건 굉장히 노련한 상인을 보는 것만 같았다.

'만만치 않군.'

역시나 신중하게 다가간 게 정답이었다.

무영은 고개를 끄덕였다.

지옥도는 무영에게 있어서 미지다. 하지만 그 의도가 어떻건 라호라가 조금이라도 돕고자 한다면 지옥도의 여러 면모를 알 수 있을 것이었다.

정보는 힘.

그런 의미에서 이 미끼는 물 수밖에 없다. 탑 안으로 초대받아 해코지를 당할 가능성은 극히 희박하다고 보았다.

'나를 노리고자 했다면 이들만 오진 않았겠지.'

보아하니 이 다섯 구미호는 중요한 전력이다.

그리고 무영이 지배의 힘을 지녔다는 걸 저들도 모르진 않을 것이다.

차라리 무영을 노리고자 했다면 이처럼 구미호들만 보내진 않았을 터.

"안내해라."

무영이 말했다.

이어 여섯 장의 날개를 활짝 펼쳤다.

하늘까지 치솟은 탑은 보는 것만으로도 현기증이 일 지경이었다. 탑 안으로 들어가자 구미호들은 무영을 거대한 방으로 안내했다.

"탑에 오르기 전에 몸을 깨끗이 해야 합니다."

"저희가 도와드리겠습니다."

무영은 고개를 저었다.

"나 혼자 하겠다."

구미호들이 도와서 무영을 씻기려 했지만 그다지 달갑진 않았다. 악의는 없어 보였지만 구미호들은 기본적으로 매혹의 기운을 가지고 있었다.

천하의 무영조차 경계해야 할 정도.

무영은 갑주를 벗었다. 이어 비탄만을 지닌 채 방 옆에 딸린 탕 안으로 들어갔다.

'마냥 부딪치기만 하는 건 미련한 짓이다.'

안 그래도 정보가 필요하다고 여기던 참이다.

계속해서 군세를 늘려 나가는 것도 좋지만 정보가 없으면 속빈 강정일 따름이었다.

그리고 라호라가 그저 순수한 의미로 무영의 일을 돕겠다는 거라면 환영할 일이었다.

때문에 무영도 이처럼 조금이나마 비위를 맞춰주는 것이고.

하지만 다른 뜻이 있다면…….

'전면전을 면치 못하겠지.'

그러지 않기를 바랄뿐이다.

스륵, 스르륵.

그때였다.

문이 열리며 나신의 구미호들이 모습을 드러냈다.

"아무래도 손님에 대한 예의가 아닌 듯하여……."

"부디 저희를 내치지 마세요."

남자라면 반응을 할 수밖에 없는 그림 같은 나신이었다.

하지만 의도가 뻔히 보였다.

아마도 라호라와 만나기 전에 이런 식으로 무영을 회유할 생각인 듯싶었다.

그러나 이들의 정체는 결국 망령이다.

실체가 있으되 없는.

또한 본모습조차 아니었다.

"저희가 마음에 안 드시나요?"

무영이 흔들리지 않자 구미호들도 의외라는 듯이 물었다.

구미호들이 가진 매혹의 힘은 상상을 초월했다. 이런 식으로 넘어가지 않은 자는 없었을 것이다.

콰득!

무영의 발이 바닥을 때렸다.

곧 공간 자체가 흔들리며 기운들을 상쇄시켰다.

"같잖은 짓 하지 마라. 나는 라호라와 이야기하고자 온 것이다."

평정심. 전혀 흔들린 기색이 없었다.

냉정하기 짝이 없는 눈빛.

구미호들은 당황했다. 이렇게 강경하게 반응할 줄은 몰랐다는 듯이.

곧이어 구미호들은 서로를 바라봤다. 무영에 대해 파악하고 미인계가 통하지 않는다는 걸 깨달았다. 통했으면 그것도 그 나름대로 실망이었을 것이다. 1계, 아수라도를 정복한 지배자가 고작 매혹 따위도 이겨내지 못한다는 뜻이니까.

그렇다면 라호라가 경계할 필요도 없다.

하지만 무영은 부동심을 유지했다.

몇 개의 벽을 넘고 정화의 불꽃 안에서 무영검을 만들며 무영의 정신은 더욱 단단해져 있었다. 여기서 더 진행한다고 하더라도 무영이 흔들릴 것 같지는 않았다.

"……물러나겠습니다."

어렵사리 입을 열었다.

구미호들이 탕을 나섰다. 무척이나 자존심에 금이 간 표정으로 말이다. 자신들이 맡은 바 임무를 달성하지 못했으니 약간 시무룩한 감도 있었다.

그러거나 말거나 무영은 다시금 탕에 몸을 담갔다.

이후 느긋하게 시간을 보냈다.

무영은 탑을 올랐다. 그리고 탑의 꼭대기에서 라호라를 만났다. 화려한 옷을 입은 여인이었다. 하지만 등 뒤로 열 개의 꼬리를 가감 없이 드러내고 있었다.

여인은 동공이 없었다. 온통 하얗기만 한 눈은 무척이나 이질적이었다.

"무엇을 바라십니까?"

무영을 본 즉시 라호라가 말했다.

인사치레는 생략했다.

서로의 관계가 마냥 좋지만은 않으니 도리어 잘됐다.

무영도 시간을 끌고 싶은 생각은 없었다.

"정복."

"지옥도를 어찌 하실 생각입니까?"

"내 군세로 이용할 것이다."

"따로 싸워야 할 대상이 있는지요?"

"모든 것과 싸울 것이다."

무영의 대답은 거침이 없었다.

하지만 애매모호한 것도 사실이었다.

모든 것.

마치 세상과 싸우겠다는 발언 같지 않나.

실제로 무영은 마계 전체와 싸울 생각이었으니 이도 틀린 해석은 아니었다.

"탑의 주인들은 누군가의 밑에 들어가는 걸 반기지 않을 겁니다."

라호라가 말했다.

무영은 피식 하며 물었다.

"그건 너도 마찬가지인가?"

"저도 크게 다르진 않습니다. 하지만 아수라도의 왕과 적대하는 걸 바라지도 않지요."

밑에 있기 싫지만 싸우기도 싫다는 소리다.

어중간하기 짝이 없는 태도.

무영은 말했다.

"복종과 전쟁! 선택지는 두 가지뿐이다."

애매한 선택은 애매한 결과를 낳게 마련이다. 그래서 무영은 단 두 가지 선택지만을 제시했다.

그 외엔 용납하지 않겠다는 듯이.

라호라의 투명한 눈이 잠시 감겼다.

하지만 고민은 길지 않았다.

"그렇다면 한 가지 부탁을 해도 되겠습니까? 이 부탁을 들어주신다면 저희 여우 일족은 아수라도의 지배자를 새로운 왕으로 옹립할 것입니다."

드디어 본론이다.

지금까진 간을 본 것에 지나지 않았다.

복종이냐, 전쟁이냐.

그 답은 지금 라호라가 꺼내려는 '부탁'에 있었다.

만약 전쟁을 선택한다면 그것도 나쁘지 않았다.

정보를 얻는 건 상대를 지배한 뒤 해도 되니까.

단지 시간을 단축하고자 이와 같은 수고로움을 동반하고 있을 따름이었다.

실제로 라호라를 비롯한 여우들이 무영을 돕는다면 지옥도의 정복이 훨씬 빠르게 진행될 것이었다.

하지만 무슨 부탁을 해올지는 무영도 전혀 감을 잡을 수 없었다.

얼마나 대단한 부탁이기에 일족의 명운을 건단 말인가.

"말해봐라."

"아랑가가 가진 타락의 힘을 흡수한 것으로 압니다. 부디 그 힘으로…….”

라호라는 무영이 아랑가의 힘을 흡수했다는 사실도 알고 있었다. 정확히 그 힘이 비탄에 새겨졌다는 것마저 알고 있는 듯싶었다.

역시나, 아랑가를 보낸 건 라호라가 맞는 모양이었다.

그리고 아랑가의 힘마저 통하지 않았던 무영에게 깊은 흥미를 느낀 것 같았다.

잠시 숨을 고른 라호라가 이어서 말했다.

“라호라를 죽여주시길.”

라호라를 죽여주시길?

무영은 잠시 의아해했다.

지금 눈앞에 있는 여인이야말로 라호라가 아니던가?

아니라하기엔 그 존재감 자체가 다른 구미호들을 압도하고 있었다.

“라호라는 네가 아닌가?”

그래서 묻지 않을 수가 없었다.

라호라는 긍정도 부정도 하지 않았다.

“저는 라호라가 맞지만, 또한 라호라가 아닙니다.”

“무슨 말인지 모르겠군.”

농담은 아닌 것 같았다.

하지만 진지하게 말하는 것일지라도 여전히 이해가 안 되는 건 마찬가지였다.

"제 몸엔 또 다른 라호라가 있습니다. 그녀는 무척이나 파괴적인 욕구를 지니고 있지요. 억겁의 시간 동안 지옥도에 있으면서 생겨난 또 다른 저의 분신입니다. 아니, 어쩌면 제가 분신일지도요."

라호라의 말투에선 서글픔이 느껴졌다.

그제야 무영도 조금은 이해가 되었다.

말하자면 이중인격이라는 것이다.

다만 그 두 성격이 극명하여 한쪽을 지워주길 부탁하고 있었다.

"모든 탑의 주인은 지옥도가 생겨난 이례로 오랜 시간 이곳에 정체하여 있습니다. 저를 포함해서 자신의 영혼을 지키기 위해서라도 자신을 등분할 필요가 있었지요."

"그게 타락의 힘으로 다시 분리가 가능하단 건가?"

타락은 떨어뜨리는 힘이다. 하지만 분리시키는 건 이야기가 다르다.

선을 악으로 만들며 악은 쓰지 못할 정도로 구겨 버릴 수 있을 테지만 선과 악을 나눌 수 있을지는 알 수가 없었다.

"타락의 힘으로 완전히 잠재울 수 있을 것입니다. 그 힘이 아니면 제 어둠은 어떻게든 살아남아 모든 것을 괴롭히려 하겠지요."

분리하란 말이 아니었다.

비장한 각오.

또 다른 자신을 죽이면서 동시에 자신도 죽을 생각을 하고 있었다.

"지옥도는 너무 오랜 시간 왕 없이 존재했습니다. 탑의 주인들은 그 시간을 그저 버틸 수밖에 없었습니다. 한 명이 무너지는 순간 휘하의 모든 혼들이 잡아먹힐 걸 알기 때문입니다."

"내가 왕이 되도록 도우려는 이유가 쉬고 싶어서였군."

무영은 일축했다.

너무 오랜 시간을 살아왔기에 이제는 쉬고 싶은 것이다.

하지만 라호라는 여우들을 걱정했다.

자신의 부재가 알려지는 순간 모든 여우들은 그저 먹이로 전락할 것이기에.

어떻게 보면 책임감이 강하다고 할 수 있었으나 미련하기 짝이 없었다.

이해도 되지 않았다. 오랜 시간을 살았다면 지치는 건 이해하지만…… 자신의 죽음을 바랄 정도로 의욕을 잃어버리다니.

'목표가 없다.'

라호라에겐 목표가 없었다. 목적, 이루고자 하는 방향이 존재하지 않았기 때문에 이러한 일이 벌어진 것이다.

무영과는 완전히 반대되는 종류였다.

어쩌면 지옥도는 적을 잃은 혼들이 체류하는 장소가 아닐는지.

"저는 지쳤습니다. 이대로 있다간 제 어둠에게 잡아먹히고 말 테지요."

"좋다. 없애주마."

어려운 일은 아니다. 지쳐버린 영혼 하나를 상대하는 일 따위 어려울 리 없었다.

그러자 라호라가 무겁게 말했다.

"저녁이 되면 제 어둠이 드러날 겁니다. 아랑가를 소멸시킨 그 힘이라면 능히 어둠과 맞붙을 수 있을 터. 나머진 저의 다섯 딸들이 길을 알려줄 것입니다."

다섯 딸은 구미호들을 의미하는 것이었다.

실제로 최상층의 입구 부분에서 구미호들이 안절부절 못하며 이쪽을 바라보는 중이었다.

"알겠느냐? 반드시 결과에 따라야 한다."

라호라가 구미호들을 향해 물었다.

구미호들은 천천히 고개를 끄덕였다.

"……결과에 따르겠습니다."

그녀들이 라호라를 대신하여 책무를 봐준다는 의미.

그렇다면 할 일이 더욱 간단명료해진다.

무영은 구석으로 갔다.

그리고 자리에 앉아 눈을 감았다.

"따로 준비할 시간이 필요하지 않으십니까?"

"검 한 자루면 족하다."

무영은 그저 기다릴 셈이었다.

라호라가 어둠으로 물드는 순간을.

그때까지 자신을 돌아보며 오로지 그 찰나만을 노린다.

라호라의 존재감. 그녀의 힘은 분명히 무영과 필적할 수준이었다.

하지만 무영이 가진 힘은 타락과 죽음만이 아니었다.

무엇보다 어두운 존재가 이미 안에 있지 않던가.

'네 힘을 빌려줘야겠다, 루키페르.'

빌린다고 적고 강탈이라 말한다.

루키페르는 여전히 비협조적이었다.

하지만 무영이 그 힘을 가져오고자 한다면 못해도 삼 할은 내놔야 할 것이었다.

그리고 라호라를 상대하는 데에는 3할이면 충분했다.

짧지만 긴 침묵이 이어졌다.

라호라는 자신의 좌에 앉은 채 눈을 감고 있었고 무영 역시 그 반대편 바닥에 앉아 눈을 감은 상태였다.

그 사이에서 구미호들은 안절부절못했다.

'정말 저 남자가 이길 수 있을까?'

'이기면…… 우리가 섬겨야 해.'

'하지만 라호라께선 위대하신 분. 쉽게 당하실 분이 아니야.'

그녀들은 이내 무영의 패배를 점쳤다.

아랑가를 잡은 실력은 인정하지만 아랑가도 결국 구미호다. 십미호인 라호라에 미치지 못한다.

구미호와 십미호는 꼬리 하나 차이지만 하늘과 땅만큼의 간격이 있었다.

무엇보다 그녀들은 오랜 시간 라호라를 섬겨왔다. 당연히 새로운 주인이 나타나는 게 반갑지는 않았다.

부르르르르르!

지옥도에도 저녁은 찾아온다.

하늘이 어둠에 잠기자 라호라의 신체가 조금씩 떨리기 시작했다.

가장 먼저 꼬리가 까맣게 물들며 변화를 알렸다.

라호라는 안간 힘을 쓰며 버티려하였으나 역부족이었다.

점차 극심해지던 떨림이 잦아들 때 즈음, 라호라가 눈을 떴다. 검은 열 개의 꼬리를 지닌 라호라는 대뜸 인상부터 찌푸렸다.

"멍청한 년. 감히 수작을 부리려 해?"

그녀가 시선을 옮겨 구미호들을 바라봤다.

구미호들이 더욱 몸을 떨었다. 원초적인 공포. 그것이 라호라에게 존재했기 때문이다.

이어 그녀가 무영을 바라봤다.

무영은 여전히 명상에 잠겨 있었다. 눈을 감은 채 꿈쩍도

하지 않았다.

라호라가 손을 들었다. 그러자 그녀의 주변으로 열 개의 구슬이 떠올랐다.

슈우욱!

콰르르릉! 콰아아앙!

열 개의 여우 구슬이 막대한 힘을 담은 상태로 무영을 덮쳤다. 벽의 한쪽 면이 무너졌고 그 와중에도 여우 구슬은 초당 수천, 수만 바퀴를 돌며 주변의 모든 걸 가루로 만들었다.

여우 구슬은 여우의 힘이 담긴 주머니와 비슷하다.

라호라의 힘 자체가 담긴 물건이니 아수라도를 평정한 새로운 왕이라 해도 버텨낼 재간이 없다.

"고작 저딴 녀석에게 내가 당할 것이라고 생각했느냐? 고작 아랑가 따위를 이겼다고…… 정말 멍청하기 짝이 없는 년이야."

타락의 힘은 확실히 위협적이다.

실제로 아랑가를 보낸 것도 지금의 라호라였다. 설마 무영이 아랑가의 힘을 흡수해 버릴 줄은 몰랐으나 지금의 공격을 정면에서 받은 이상 어느 누구도 살아남긴 어려울 터였다.

그녀는 자신의 승리를 확신했다.

이윽고 무영의 기척이 아예 사라져 버린 것이다.

"아수라도의 새로운 왕이라 해서 조금은 기대했거늘. 이번 일에 동조한 너희도 크게 벌을 받아야겠구나."

구미호들이 잔뜩 긴장하며 한 발자국 뒤로 물러났다.

"꼬리를 자르고 여우 구슬을 부숴줄까? 평범한 여우가 되어 무한한 시간 동안 능욕을 당하는 것도 꽤 재미가 있을 것 같지 않느냐?"

꼬리와 여우 구슬은 여우들의 힘을 유지하는 근간이다. 그게 없으면 평범한 여우와 다를 바가 없었다.

뚜벅!

하지만 라호라는 자신의 말을 현실로 옮길 수 없었다.

거친 모래바람 속에서 한 인영이 모습을 드러냈기 때문이다.

"여우 구슬의 힘을 직격으로 맞았건만…… 어찌?"

라호라가 믿기지 않는다는 듯이 말했다.

나타난 인영은 당연히 무영이었다.

하지만 그 모습은 평소의 무영과는 조금 달랐다.

거대한 뿔. 회색의 날개. 또한 뿔은 까맣게 물들어 있었다.

스스슥!

찰나.

무영이 사라지고 라호라의 앞으로 나타났다.

채애앵!

검이 한 차례 튕겼다.

여우 구슬이 자동으로 라호라를 보호했기 때문이다.

그러나 여우 구슬이 반쯤 파였다.

이 역시 있을 수 없는 일이다.

여우 구슬은 어떠한 타격에도 쉽게 망가지는 물건이 아니다. 하물며 라호라의 구슬이라면 감히 모든 공격을 무효화시킨다고 해도 이해가 될 수준이건만.

"노오옴!"

쿠르르릉!

라호라가 분노했다.

그녀가 즉시 주박을 풀며 본모습을 되찾았다.

탑의 최상층이 무너지고 곧이어 라호라의 거대한 본체가 드러났다.

그 순간 공간이 바뀌었다.

고유 결계.

마치 우주와 같은 공간이었다.

까맣다. 수많은 운석만이 주변을 배회했다.

삽시간에 그 운석들이 무영을 향해 달려들었다.

키릭!

키리리리리릭!

무영의 등 뒤로 거대한 어둠이 열렸다.

그리고 셀 수 없이 많은 박쥐가 어둠을 타고 튀어나왔다.

박쥐들이 운석과 부딪힐 때마다 작은 폭발이 일어났다. 수없이 부딪히다가 운석들이 하나둘 가루가 되어 스러졌다.

이는 루키페르가 다루는 힘을 조금 더 구체화시킨 수법이었다.

햐아아아아!

라호라의 몸 주변으로 둥그런 선이 쳐졌다.

열 겹의 보호막은 여우 구슬의 힘이 온전히 담겨 있었다.

강력한 보호막임과 동시에 무기. 그 상태 그대로 무영에게 달려들었다. 아예 찌그러뜨려서 죽일 생각이다.

무영은 비탄을 들었다.

비탄에 내재된 타락의 힘이라면 저 방어막과도 견줄 수 있다.

또한…….

'만물에는 결이 있다.'

지금 이 순간, 무영의 눈에는 수많은 결이 보였다.

루키페르의 힘을 억지로 가져왔기 때문일까?

아무리 강력한 보호막이라 할지라도 결이 없을 순 없었다.

'탑의 주인 따위에게 긴 시간을 할애할 생각은 없다.'

비탄을 들었다.

정면으로 부딪히길 바란다면 기꺼이 받아들여 주리라.

라호라는 지나가는 과정에 불과하다.

무영은 44개의 탑과 그 주인 전부를 굴복시킬 예정이었다.

하나하나 긴 시간을 할애하기엔 무영이 너무나도 바빴다.

타칸은 무영이 지옥도로 향한 즉시 움직였다.

타칸의 목적은 군림세가의 적자인 군림건을 암살하는 것.

조용히 은신한 채 기회를 노렸다.

기회는 생각보다 빠르게 찾아왔다. 무영에게 살수 수업을 받았기에 그 기회를 포착할 수 있었다.

하지만 타칸은 더욱 신중했다. 더 좋은 기회를 찾고자 기다리고, 기다리고, 또 기다렸다.

그리하여 보름가량이 지난 시점.

새로운 아침이 밝기 전에 군림건을 암살할 수 있었다.

"군림건이 암살당했다!"

"누구냐? 대체 누가 군림세가의 안에서 이런 짓을 저지를 수 있단 말인가!"

이 사실은 일파만파 퍼져 나갔다.

군림세가는 범인의 색출을 위해 모든 병력을 내보냈다. 범인이 발견되거든 연관된 모든 것의 뿌리 끝까지 뽑아버리겠다고 천명했다.

군자성은 극심한 긴장감에 휩싸였다.

하지만 그 긴장감도 오래가진 못했다.

쿠우우웅!

지진이라도 난 듯이 지면이 흔들렸다.

이윽고 군자성의 한복판에 하늘까지 솟은 거대한 탑이 생겨났다.

"저, 저게 뭐야?"

"탑?"

"불길하기 짝이 없군……."

그러나 탑 안엔 아무것도 없었다. 다만, 왠지 모를 귀기가 탑 전체를 아우르고 있을 뿐이었다.

모든 이가 머리를 맞대고 탑의 정체에 대해 생각했으나 밝혀진 사실이 없었다.

거기서 끝이 아니었다.

시간이 지날수록 탑은 숫자를 늘려 나갔다.

군자성에 생겨난 미지의 탑들에 대해 모든 이가 의문을 가졌다.

대도시, 혹은 신성도시 뮬라란에서조차 탑을 규명하고자 사람을 보냈을 정도다.

하지만 군림세가는 그들을 받아주지 않았다.

군자성을 닫고 군림건을 죽인 범인을 색출하는 한편, 자신들만의 힘으로 이 탑을 규명하고자 하였다.

이득이 생기면 그것을 꿀꺽하기 위해서라는 걸 모두가 알았다.

모든 게 혼란이었다.

하지만 그 혼란 중 하나도 풀린 게 없었다.

오로지 타칸만이 탑의 정체에 대해 알고 있었다.

'지옥도마저 평정하고 있다니, 정말 대단한 놈이로군.'

44개의 탑이 모두 나타나는 순간 많은 게 바뀔 것임을 타칸은 인지하고 있었다.

라호라는 징검다리에 불과했다.

처음부터 무영은 전력을 다했고 그 결과, 라호라를 죽일 수 있었다.

타락의 힘이 그녀를 좀 먹자 라호라의 존재 자체가 지워졌다. 이 부분은 의외였지만…… 어쩌면 더 이상 타락할 길이 없기에 '소멸'한 건 아닐는지.

무영은 그렇게 예상할 따름이었다.

라호라가 사라지자 다섯 구미호는 무영을 새로운 주인으로 인정했다. 슬퍼하는 기색은 분명히 있었으나 오랜 시간 마음의 준비를 하고 있었다는 듯 그 부분에 있어선 손발이 잘 맞았다.

이후 무영은 날개를 달았다.

모든 일은 처음이 어려운 법.

탑의 주인들을 상대로 전쟁을 벌이며 승승장구를 이어 나갔다. 구미호들은 무영을 새로운 지옥도의 왕으로 옹립하고자 필사적이었다. 그녀들이 전해 주는 정보는 확실히 쓸모가 있었다.

시간을 할애하여 라호라의 부탁을 들어준 건 올바른 선택이었다.

'탑의 주인들은 나태하다.'

라호라는 탑의 주인들도 자신과 비슷하다고 말했다.

단지 감추고 있을 뿐이라고.

그 말은 어느 정도 사실인 듯싶었다.

탑의 주인들은 나태했다. 무영이 심장부까지 치고 들어와도 꿈쩍하지 않는 이들마저 있었다. 적어도 적극적으로 대처한다는 느낌은 들지 않았던 게 사실이다.

또한 그들은 탑을 정복당하면 자신의 죽음을 부탁했다.

그런 일이 반복되자 무영도 한 가지를 깨달을 수 있었다.

'오락을 하는 기분으로 임하고 있는 거로군.'

너무나도 오랜 시간을 살았기 때문일까. 이 전쟁 자체를 하나의 오락으로 생각하고 있는 듯싶었다. 그것도 현실감 없는 게임의 일종으로 말이다.

무영은 그러한 사고가 마음에 들지 않았다. 그래서 더욱 박차를 가했고 그러자 탑의 주인들이 연합하기 시작했다.

바로 지금처럼.

"아수라도의 왕이여! 대단하구나. 다섯 개의 탑이 연합한 건 지옥도가 생기고서도 이례적인 일. 자랑스러워하도록!"

온몸에 뿔이 난, 거대한 불가사리처럼 생긴 괴물이 말했다. 그를 비롯한 다섯 탑의 주인이 이끄는 망령의 숫자는 물경 오십만.

하지만 한발 늦었다.

연합을 하고자 했으면 진즉에 했어야 한다.

지난 10여 일간 무영은 벌써 열 개가 넘는 탑을 정복한 뒤다.

무영의 뒤에는 백만 대군이 존재하고 있었다.

뿐만 아니라 무영으로 인하여 강화까지 된 상태였다.

화르르르륵!

거룩한 불꽃이 무영을 삼켰다.

그 상태 그대로 가브리엘의 날개를 펼쳤다.

수아아아악!

쾅! 콰릉! 콰콰콰쾅!

7,777개의 깃털이 적의 진형을 망가뜨렸다.

깃털에 거룩한 불꽃을 더하자 적진은 순식간에 불바다가 됐다.

무영이 고안해 낸 연계 기술이다. 가브리엘의 깃털만이 거룩한 불꽃을 견뎌낼 수 있었다.

스릉!

하늘에 뜬 상태에서 비탄을 뽑았다.

"다 죽여라."

무영이 입을 연 순간, 전쟁이 시작됐다.

〈'26번째 탑'을 정복했습니다.〉

〈'26번째 탑'이 현실과 연동됩니다.〉

〈현실과 연동된 탑으로 지옥도의 망령들을 불러들일 수 있습니다. 탑 하나당 최대 1,000마리까지 가능합니다.〉

〈'41번째 탑'을 정복했습니다.〉

탑을 정복하는 방법은 간단하다.

탑의 중심부에 있는 핵에 손을 대면 그것으로 끝.

그렇게 무영은 순식간에 다섯 개의 탑을 정복했다.

이로써 무영이 정복한 탑의 개수는 16개가 되었다.

'지옥도와 현실의 연동이라……'

무영이 생각하는 게 바르다면 지옥도의 탑이 현실에 세워졌다는 뜻이다. 그 위치 등은 알 수가 없지만 탑 하나당 최대 1,000마리에 육박하는 망령들을 불러들일 수 있다면 그 저력은 엄청날 것이었다.

'어지간한 마왕의 규모는 뛰어넘겠군.'

지옥도의 망령들과 군자성에 잠든 엘라르시고, 무영의 언데드를 모두 더하면 어지간한 마왕급 규모의 군세는 넘어선다고 할 수 있었다.

마신보다 적으나 마왕보단 많은.

무영이 다루기에 따라서 웬만한 적들은 혼자 끝장낼 전력이다. 인류에게 경각심을 주고, 마신 그레모리를 도와 다른 마신들의 허점을 찌르는 정도는 충분히 가능할 터였다.

지옥도의 망령들을 전부 데려가지 못하는 건 아쉽지만 이미 다른 계(界)의 존재들을 불러들이는 것만으로도 대단한 일.

"이제 40번째 탑을 공략하면 됩니다."

"40번째 탑의 주인은 해태의 형상을 한 망령이에요."

"이름은 우라탄."

"그가 이끄는 병력의 숫자는 25만. 지옥도에서 세 번째로 많은 병력을 보유하고 있어요."

"그와 일기토를 벌이세요. 최근 소문이 조금 이상하긴 하지만, 그래도 그는 자존심이 매우 강해서 1:1의 대결로 패한다면 군말 없이 탑을 내줄 거예요."

다섯 구미호는 벌써부터 무영을 '왕'이라고 불렀다. 마땅한 호칭이 생각나지 않으니 알아서 모시겠다는 뜻이다.

"바로 움직이지."

전쟁이 끝나기 무섭게 다음을 노렸다.

하지만 가장 맏언니인 구미호가 고개를 저었다.

"더 이상은 안 돼요."

"왜지?"

"벌써 해가 저물고 있어요. 내일은 모든 망령이 '잠'에 들 수 있는 특별한 날. 이날 전쟁을 벌인다면 모든 망령이 왕을 싫어하게 될 거예요."

잠을 잘 수 있다?

그러고 보면 망령들은 잠을 안 잔다. 이미 죽었는데 더 이상 잠을 잘 필요가 없는 탓이다.

한데 지옥도에선 주기적으로 잠에 들 수 있는 모양이었다.

게다가 무영의 기억이 정확하다면 내일은 현실에서도 특별한 날이었다.

'악마의 긴 밤이 시작되는 주기지.'

악마들이 이성을 잃고 폭주하거나 괴물들이 더욱 공격성을 가지게 되는 시기와 맞물린다.

그냥 우연의 일치일까?

지옥도는 현실에도 영향을 끼친다. 아니라면 전진세가가 이곳의 문을 열 수 있었을 리 없다. 어떠한 형식으로든 현실과 연결이 되어 있기에 문을 열 수 있었던 것이다.

비록 그 영향이 크지는 않을지 몰라도 마냥 우연으로 치부하기엔 시기가 시기였다.

"왕도 내일은 혼을 한차례 정화하셔야 해요. 수없이 많은 망령을 상대했으니 혼에 얼룩이 졌을 거예요."

그렇지는 않았다.

얼룩이 질 수도 있었지만 루키페르가 다 먹어치운 것이다.

하지만 말마따나 내일은 쉬며 스스로를 돌아볼 시간을 갖는 것도 괜찮을 것 같았다.

'51격째.'

무영검 51격째의 단서를 잡았다.

수많은 대군을 상대하며 떠오른 아주 작은 단서.

이를 놓칠 수도 없는 노릇이었다.

무영은 고개를 끄덕였다.

어쨌건 참모진의 의견은 중요했다.

무영은 자신이 만능이라고 생각하진 않았다. 분명히 부족한 점이 있을 수밖에 없고 그 부분에 있어선 귀를 기울일 준비가 되어 있었다.

막 미래에서 돌아온 직후와는 분명히 다른 점이었다.

"그러도록 하지."

"왕의 결정에 모든 망령이 감사를 보낼 거예요."

"저희도 마찬가지고요."

구미호들은 제법 신이 난 모습이었다.

그렇게 '꿈'을 꿀 수 있다는 게 좋은 것인지.

'꿈이라⋯⋯.'

무영도 가끔 꿈을 꾼다.

살수림 시절 때의 꿈을.

무영이 아닌 유영이었던 시절을 가끔 말이다.

하지만 결국 과거의 일이고 지금 시점에선 그다지 중요하지 않았다.

어제보다 오늘이 더욱 중요하기에.

이내 잡념을 털어냈다.

'검을 만들자.'

꿈을 꾸는 것보다 훨씬 우선순위에 있는 일이 무영검을 만드는 일이었다.

51격째. 그 단서를 붙잡고 늘어지는 일만 남았다.

무영에겐 그것이 수련이고 휴식이었다.

하루 만에 검을 만드는 건 불가하다. 그저 단서만을 가지고 전부를 그릴 수는 없다. 하지만 선을 그리고 무엇을 담을지 미리 추측할 수는 있었다.

그렇게 무영은 51격째의 틀을 갖췄다.

둥-! 둥-! 둥-!

이어 하루가 지나고 이틀째에 다시금 진격은 시작됐다. 북을 치며 진군하자 그 위엄이 대단했다. 도합 백삼십만에 이르는 병력이 무영을 따랐다.

그러나 무영은 굳이 전면전을 벌일 생각은 없었다.

무영의 목적은 따로 있었다.

1:1의 대결로 탑의 주인은 우라탄을 이기는 것!

그러면 망령들이 생각하는 무영의 인식이 많이 바뀔 것이었다.

'인식을 바꿔야 한다.'

군세를 늘리는 것도 중요하고 지배되었기에 배신당할 일은 없지만, 이 지배의 힘이 마냥 만능인 것은 아니었다.

무영에 대한 평판이 달라지면 명령을 대하는 자세 자체가 달라질 것이었다. 요컨대 같은 명령을 두고 대충하느냐, 열심히 하느냐의 차이였다.

또한 아직 정복되지 않은 다른 탑의 주인들에게 경고를 날릴 수 있었다.

제대로 하라는.

구미호들에게 듣기로 탑의 주인들은 무영을 반쯤 무시하고 있었다.

무영은 외지인이고, 혼자선 아무것도 못 한다는 인식을 가지고 있다나.

무영으로선 자존심이 상하는 발언이었다.

라호라를 제외하면 약한 탑의 주인들을 차례대로 공략했기 때문인지 무영을 무시하는 인식이 생긴 듯싶었다.

물론 실리를 중요시하기에 그런 건 상관이 없었지만, 이제는 제대로 전쟁을 벌여보고 싶었다.

1:1로 우라탄을 이기면 다른 탑의 주인들도 긴장할 것이라고 구미호들은 입을 모아 말했다.

'움직여라. 발악해라. 맞서 싸워라.'

무영은 탑의 주인들이 발악하기를 바랐다. 그들이 제대로 움직여야 무영이 그들을 평정할 가치가 있다. 그저 움직이면 해결되는 정도로 간단하기만 한 일을 무영은 별로 좋아하지 않았다.

시련과 역경!

그 두 가지가 있어야 무영 스스로가 힘을 키울 수 있었다.

여태껏 무영이 누구보다 빠르게 강해질 수 있었던 건 그러한 시련들을 전부 이겨냈기 때문이다. 아니었다면 아직도 한참이나 헤매고 있었겠지.

게다가 이 전쟁은 무영에게 있어선 더할 나위 없는 연습의 장이었다. 이만한 대규모 군세를 이끌고 전쟁을 벌일 기회가 많지 않다.

무영은 장수로서의 경험이 일천했고, 그 일천한 경험을 이번 기회에 쌓을 셈이었다.

'앞으로는 대규모 접전이 많아질 것이다.'

무영의 행보 자체가 모든 것을 적대하는 일이었으니 대규모 접전이 많아질 수밖에 없었다.

그런데 경험이 없어서야 비웃음만 살 뿐이다.

그런 의미에서 지옥도는 큰 리스크 없이 실전을 겸할 수 있는 최적의 장소였다.

'저게 우라탄.'

무영은 시선을 돌렸다.

크르르르.

개들의 집합이었다.

수십만의 거대한 개가 길게 늘어서 있었다.

그 앞에 확실히 해태와 닮은 우라탄이 서 있었다.

"죽…… 인다."

하지만 우라탄은 정상적인 모습이 아니었다.

신체의 이곳저곳이 살짝 씩 변형된 모습.

거기서 느껴지는 힘은 상상을 초월했다.

우라탄에 대한 소문이 이상하다더니 아무래도 저 모습 때문인 듯싶었다.

"어느 순간 갑자기 미쳐 버렸다고 해요."

"힘도 강해지고 파괴 욕구도 많이 늘어났다는 소문이 있었어요. 아마도 너무 오랜 시간을 살아와서 한계에 다다른 게 아닐까 싶어요."

"조심하세요."

구미호들이 걱정했다.

하지만 무영은 우라탄의 정상이 아닌 모습이 무슨 이유 때문인지 알 것 같았다.

'균열의 파편.'

놀랍게도 우라탄에게서 균열의 파편이 가진 그 묘한 기운이 느껴졌다.

강력한 혼돈의 힘!

그레모리가 무영에게 부탁한 그것.

하지만 균열의 파편이 혼과 일체화 된 것을 보는 건 처음이었다.

'쉽지 않겠군.'

무영은 몸을 풀었다.

어째서 균열의 파편이 지옥도에 내려와, 우라탄과 합체되

없는지는 모르겠지만 그 문제는 일단 우라탄을 쓰러뜨린 뒤 확인하면 될 일이었다.

지이이이잉…….

비탄이 잘게 떨었다.

그레모리의 말에 의하면 비탄은 균열의 파편과도 반응을 한다고 했었다. 지금 그 기능이 발휘되고 있는 것이다.

덕분에 우라탄의 심장 쪽에 파편이 박혀 있는 것을 무영도 알 수 있었다.

'현재 내가 가지고 있는 파편은 하나.'

천마신교의 교주 월하를 죽였을 때 비로소 하나를 얻었다.

하지만 그레모리가 부탁한 파편의 숫자는 세 개.

그중 하나를 설마 이곳에서 발견하게 될 줄이야.

전혀 의도치 않았고 예상조차 못 했던 일.

어쩌면 무영의 운명과도 엮여 있는 일이 아닐는지.

"크아아아아!"

우라탄이 발광을 시작했다.

제정신은 아닌 듯싶었다.

콰르릉!

바닥에 거대한 손을 내리치자 반경 100m 정도의 지면이 붕궤했다.

우라탄을 따르던 망령들이 그에 휩쓸렸다.

일기토?

놈은 제정신이 아니다. 1:1의 상황에서 명예를 걸고 싸운 다는 발상은 할 수 없었다.

무영은 당황해하는 구미호들에게 시선을 던졌다.

그녀들은 우라탄이 미쳤다고 생각하고 있었다. 균열의 파편이 영향을 끼쳤다는 사실은 전혀 모르고 있었다.

"최근 우라탄의 행보에 이상한 점이 없었나?"

"모르겠어요."

"죄송해요."

다섯 구미호 모두가 고개를 저었다.

하는 수 없이 본인에게 직접 묻는 방법뿐이 없는 것 같았다.

ㅡ여기는 내게 맡겨라. 내가 전쟁의 기본을 보여주마.

막 무영이 나서려고 할 찰나 멀더던이 나타났다.

급이 오른 멀더던은 자신감에 충만해 있었다.

무영은 잠시 고민하다가 팔짱을 꼈다.

어디 한번 마음대로 해보라는 뜻이다.

ㅡ크하하하! 내가 저 벌거숭이에게 전쟁의 우아함을 알려 줘야겠구나!

콰라라라락!

우라탄은 번개를 내뿜었다.

그의 입에서 뿜어진 번개는 주변을 삽시간에 휩쓸며 가공할 위력을 선보였다.

피아를 구분하지 않았다.

-산개!

멀더던이 명령을 내렸다.

적어도 병력을 다루는 일에 있어선 무영보다 멀더던이 뛰어나다.

병력을 양쪽으로 나누어 최대한 빠르게 진격을 시작했다.

-돌진!

넓게 펴진 백만의 군세가 적들과 뒤섞이며 전투를 펼쳤다.

전투 시작 직후 우라탄이 피아를 구분하지 않는다는 걸 깨달았으니 최대한 적과 뒤섞이며 혼란을 줄 생각이다.

거기서 그치지 않았다.

멀더던은 동시에 수십 개로 병단을 나누어 우라탄을 공략했다.

약한 병졸들을 미끼로 던지고 급이 높은 망령들로 하여금 차륜전을 펼치도록 말이다.

의도는 뻔했다.

'시간을 끌어서 지치게 만들려는 셈.'

의도 자체는 간단하지만 그 운영 방식에 절로 감탄이 나왔다.

멀더던 홀로 능히 열 명의 장수 역할을 해내고 있는 것이었다. 그만큼 머릿속으로 빠르게 전장을 그려내고 있다는 뜻이다.

쿠르르르릉!

우라탄의 얼굴이 순식간에 새빨개졌다. 거대한 주먹을 솜방망이처럼 휘두를 때마다 지면이 붕궤됐다. 가히 그 힘만큼은 인정해 줄 수밖에 없었다. 무영의 힘 수치도 굉장히 높은 편에 속하는데 우라탄은 그보다 더한 것 같았다.

하지만 우라탄은 조금씩 지쳐 가고 있었다.

그사이 멀더던은 착실하게 적군들을 솎아내고 우라탄을 몰아넣는 중이었다.

'강력한 군세는 확실히 도움이 되는군.'

무영은 재차 깨달았다.

과거, 무영은 철저히 혼자였다. 인류는 인류라는 공통점으로 묶인 외톨이였다. 그 사이에서조차 수없이 내분을 일으켰으니 패배는 확정될 수밖에.

하지만 홀로는 한계가 명확하다.

무영은 다수의 힘을 안다.

물론 어중이떠중이만 모여선 효과가 없으나, 지금 눈앞에 모인 군세는 확실히 파급력이 상당했다.

절대적인 힘.

중요하다. 강자는 다수를 이긴다. 마계에선 이게 상식이다.

하지만…… 강자는 싸우면 싸울수록 약점에 노출될 수밖에 없었다.

그리하여 결국엔 다수가 이기게 된다.

마신들이 왜 홀로 오롯이 존재하지 않겠는가?

어째서 마왕들을 휘하에 두고, 디아블로마저 이프리트 등을 소환해 군세를 만들려고 하겠는가!

아무리 강해도 혼자선 한계가 있기 때문이다.

일일군단은 가능하지만 홀로 모든 걸 할 수는 없으니까.

ー늪으로 몰아라!

전장의 한복판에 늪이 생겨났다.

일반적인 늪은 아니다. 원혼으로 이루어진 늪.

어느 사이에 이런 것도 준비한 모양이었다.

확실히 멀더던은 동시에 여러 가지 일을 처리하는 데 능했다. 뭔가 확 하고 들어오는 새로운 전략 같은 건 없었지만 순간적인 반응력과 임기응변만으로도 이미 수준급이었다.

크라아아아악!

조금씩 유인당하며 늪에 빠진 우라탄이 괴성을 내질렀다.

번개를 내뿜었지만 늪은 번개가 통하지 않았다.

도리어 우라탄의 발목이 더욱 깊이 빠졌다.

ー공격하라!

멀더던은 원거리에서 우라탄을 공격했다.

수많은 폭음에 늪에 생겨났다.

천하의 무영이라도 저만한 공격을 당했다간 몸성히 나오지 못하겠다는 생각이 절로 들 수준이었다.

"죽, 인다⋯⋯."

먼지가 걷히고 나타난 우라탄의 신체는 처참했다. 전신이

걸레짝처럼 상처가 나 있었다. 치사량의 피를 흘렸고 멀더던
은 자신의 승리를 확신했다.

그러나 공격을 멈춰선 안 됐다. 그 찰나의 순간에 우라탄
이 기회를 잡았다.

캬아아아아아아악!

괴성!

천지가 흔들렸다.

전장에서 죽은 모든 망령의 원혼이 늪에 담겨 있음에도,
도리어 원혼들이 비명을 내지르며 괴로워했다.

우라탄의 괴성이 점점 더 커져갔다.

제대로 화가 났다는 듯.

이어 우라탄의 머리 위로 거대한 뿔이 돋아났다.

무영의 것과 비슷하면서도 분명히 다르다. 우라탄의 뿔은
균열 그 자체였다.

스으으으으윽!

뿔이 까맣게 물들자 원혼들이 뿔로 흡수됐다.

늪이 사라지고 이어서 망령들에게도 영향을 끼쳤다.

'균열의 파편이 가진 힘이로군.'

균열을 만들어내는 것.

지금 우라탄은 망령에게 영향을 끼치는 균열을 만들어냈
다. 균열 속으로 망령들을 모조리 빨아들이려는 셈이었다.

−물러나라!

멀더던이 명령을 내렸다.

거의 끝까지 우라탄을 몰아넣는 데에는 성공했지만, 설마 저런 뿔이 있으리라곤 생각을 못한 듯싶었다.

육신이 제어권을 잃자 균열의 파편이 제대로 우라탄을 움직이기 시작한 것이다.

형세역전!

멀더던의 표정이 굳었다.

설마 그 잠시의 방심이 이러한 결과를 불러오리라곤 예상하지 못한 모양이다.

초당 수백의 망령이 뿔로 빨려 들어갔다.

우라탄이 움직일 때마다 주변의 망령들은 정신을 차리지 못했다.

균열은 그 균열이 채워질 때까지 망령들을 흡수할 터였다. 하지만 언제 채워지는 지는 아무도 모른다.

"내 차례인 듯싶군."

무영이 멀더던의 옆으로 다가섰다.

멀더던은 뭐 씹은 표정이 되었다. 거의 다 됐는데 뿔 하나가 재를 뿌린 탓이다.

하지만 무영은 나름대로 멀더던을 인정했다. 적어도 우라탄에 대해서 파악할 시간을 벌었다. 하물며, 우라탄의 저 '뿔'이 망령에게만 반응하도록 변형되게 만든 것도 꽤 의미가 있다고 생각했다.

만약 무영과 상대하며 우라탄의 뿔이 변형되었다면 무영이 반대로 패배했을 수도 있었다. 그만큼 균열의 힘은 예측이 불가했다.

날개를 펼치고 공중으로 날았다.

'혼의 꼬리.'

분신이 생겼다.

혼의 꼬리로 만든 분신은 무영의 힘마저 복사해 낸 판박이다. 물론 100%의 힘을 발휘할 순 없고 랭크가 오른 지금에서도 기껏해야 절반 정도지만 그것만으로도 충분했다.

무영은 분신과 함께 날개를 펼쳤다.

이어, 깃털 쏘아냈다.

쏴쏴쏴쏴쏴쏴쏴쏙!

마치 비가 내리는 것 같았다.

도합 15,554개의 깃털이 하나도 빠짐없이 우라탄에게 날아들었다.

"크아아아아!"

우라탄의 몸이 경직됐다.

무영은 먼저 분신을 날렸다.

분신에 가시가 돋아났다. 모든 저항력을 크게 올리는 스킬. 그대로 날개를 펼친 채 분신이 우라탄에게 날아갔다.

그리고…….

콰아아아아아아앙!

분신이 폭발했다.

거대한 폭발이 주변을 휩쓸었다.

거룩한 불꽃을 사용해 내부를 채우고, 겉은 가시화 스킬로 막아둬서 말 그대로 '폭탄'으로 만들어버린 것이었다.

'이런 사용도 나쁘진 않군.'

처음으로 해본 방식인데 생각보다 폭발력이 있었다.

분신 폭탄이라…….

무영은 비탄을 들었다.

무영은 멀더던처럼 승리의 순간에도 방심하지 않는다.

적의 확실한 죽음을 확인하지 않는 이상, 결코 스스로를 놓지도 않는다.

무영의 머리 위로 뿔이 솟아났다.

하나, 둘, 셋, 넷 그리고 다시 하나!

"그으으윽!"

우라탄이 일어났다.

생명력 하나는 발군이었다.

뿔이 까맣게 물들었으나 무영에겐 별다른 효과가 없었다.

무영은 망령을 지배할 뿐 망령이 아니었기 때문이다.

스걱!

우라탄의 뿔이 잘렸다. 타락과 저주의 힘이 그 순간 우라탄의 몸을 좀먹었다. 그 상태 그대로 무영은 결을 잘라냈다.

멀더던의 차륜전, 무영의 분신 폭탄으로 인해 우라탄은 이미 만신창이가 된 상태였다. 체력도 한계였고 균열로 솟아난 뿔조차 통하지 않으니 더는 방법이 없었다.

"캬아아아악!"

우라탄이 비명을 질렀다.

하지만 여태껏 지른 괴성과 다른, 단말마였다.

무영은 우라탄을 되살렸다.

영혼착취로 그의 혼을 지배한 것이다.

하지만 효과는 미비했다.

〈'탑의 주인 우라탄'을 지배했습니다.〉

〈지배력이 약합니다. '우라탄'의 혼이 서서히 소멸하고 있습니다.〉

〈남은 시간 600초.〉

다른 탑의 주인들도 이와 비슷했다.

지배하려 했으나, 지배할 수 없었다.

다른 망령들과 격의 차이가 나기 때문일까?

아니면 영혼이 너무 많이 마모가 되었기 때문일지.

어쨌거나, 600초면 충분하다.

"균열의 파편은 어디서 얻었지?"

"단탈리안…… 놈이 지옥도의 바깥문에서 그것을 안쪽으로 던졌다……."

무영은 이맛살을 구겼다.

단탈리안. 71좌의 마신.

또 그의 이름이 나왔다. 한 번, 두 번도 아닌, 벌써 세 번째다. 하물며 단탈리안은 지옥도의 존재를 알고 있는 듯싶었다.

멀더턴을 거짓으로 현혹해 죽이고 엘라르시고와 진실에 대해 서은세에게 털어놓으며 마신들에게 중요한 물건인 균열의 파편마저 지옥도로 던져 넣었다.

그 결과들을 살펴보면 한 가지 결론을 내릴 수가 있었다.

'놈은 혼자다.'

마신들은 모두 파벌 싸움을 진행 중이다. 그 와중에 오로지 단탈리안만이 장난처럼 움직이고 있다. 어째서 그러한 행동 양식들을 보이는 지는 의문이지만 그 행동들 사이에선 어떠한 일관성도 보이지 않았다.

즉흥적인 연극을 보는 느낌.

진지함이라곤 느껴지지 않고 장난기만이 다분하다.

이는 단탈리안의 성격을 말해준다.

또한 파벌에 속해 있다면 결코 보일 수 없는 행동들.

하물며 그 휘하의 마왕조차 없다. 그를 수행하는 누군가도 보이지 않는다.

무영은 고개를 끄덕였다.

단탈리안은 혼자였다.

'놈을 노려야겠군.'

아무리 사탕발린 말을 잘하고 현혹을 잘한 대도 무영은 이제 흔들리지 않는다.

온전한 자신을 찾으며 완벽에 가까워지고 있는 상태였다.

어찌 보면 마신 단탈리안의 천적은 무영이라 할 수 있었다.

하물며 혼자라니!

잡아 달라고 노래를 부르는 것만 같지 않나.

무영은 마신들의 척살 순위 1번을 정했다.

단탈리안. 그를 죽이기로.

그러기 위해선 더욱 바쁘게 움직일 필요가 있었다.

'남은 탑을 모두 평정한다.'

우라탄과 함께 그의 탑을 지배했다.

더는 시간을 끌 필요가 없다. 단일 세력으로는 최강. 탑들의 주인들이 합작을 한다고 하더라도 늦었다. 저들은 머리가 많고 무영은 단일 세력이다. 움직임에 있어서 그 속도 자체가 다르다는 뜻.

무언가 성과를 내기도 전에 무영의 군세가 그들의 탑을 칠 것이다.

지옥도는 이미 무영의 손바닥 위였다.

50장
지옥왕

균열의 파편을 회수하자 비탄의 울음이 멎었다.

대신 균열의 파편에 깊숙이 박힌 '향'을 기억하도록 놔두었다. 균열의 파편 깊숙이 '단탈리안'의 향이 스며 있음을 무영도 깨달았기 때문이다.

이는 혹여나 71좌의 마신 단탈리안을 찾는데, 혹은 단탈리안이 주변으로 접근하는 걸 깨닫는 데에 많은 도움이 될 것이었다.

〈22개의 탑을 정복했습니다.〉
〈22개의 탑이 현실과 연동됩니다.〉
〈최대 22,000의 망령을 현실에서 부릴 수 있습니다.〉

탑을 정복할수록 무영이 다룰 수 있는 힘도 늘어났다. 탑한 개당 천 마리의 원군을 얻는 셈. 44개를 모두 정복하면 4만 4천의 망령을 현실에서 수족으로 부릴 수 있다는 뜻이다.

그것도 여태껏 멀더던이 그저 혼의 형식으로 부렸던 방식이 아니라, 현실과 연동되어 실체화해서 물리적인 타격을 줄 수 있을 듯싶었다.

하물며.

〈킹슬레이어 – '왕 살해자'가 발동됩니다.〉
〈힘과 민첩이 1씩 상승했습니다.〉
〈100의 왕들을 살해하는 것으로 업적을 매듭지을 수 있습니다.〉
〈죽인 왕의 급수에 따라서 보상이 달라집니다.〉
〈85명의 왕을 살해했습니다.〉
〈현재 만족도 – 하급 37, 중급 14, 상급 32, 최상급 2〉

탑의 주인은 그 하나하나가 각기 계산되어 상급의 왕으로 인정받았다.

남은 숫자는 고작 15!

반면 탑은 22개나 남았다.

지옥도에서 킹슬레이어의 업적을 달성할 수 있다는 뜻이었다.

'기대되는군.'

아마도 이 하나로 끝이진 않을 것이다.

연계 업적. 킹슬레이어의 발자취를 밟아가는 과정이니 이를 매듭지으면 보상에 따라 다른 업적이 떠오를 수도 있었다.

그리고 이러한 연계 업적은 엄청난 보상을 주기로 유명하다.

하지만 얻기 어렵고, 깨기 어렵고, 불가능한 경우도 많았다.

과연 무엇을 줄는지.

'왕 살해자로 얻는 능력치도 거의 없어지고 있다.'

무영의 능력치들이 이미 상한선에 도달한 것일까?

이번에는 힘과 민첩이 1씩 올랐다지만 이전 거의 열에 달하는 탑의 주인들을 죽였을 때에도 능력치가 하나도 오르지 않았다.

물론 지금 무영의 상태에서 능력치 1은 매우 귀중하다.

1의 차이가 조금이나마 체감이 될 정도이니.

"탑의 주인들이 연합을 하기 시작했어요."

"탑의 주인들 중에서 가장 강한 '해모수'가 벌써 10명의 주인을 모았어요."

"이대로 남은 이들이 다 모이길 기다리실 건가요?"

구미호들이 조언했다. 그녀들은 무영을 어떻게든 왕으로 옹립하고자 열성적이었다.

라호라의 유지가 그만한 힘을 발휘한 것이다.

무영은 고개를 저었다.

적들이 다 모이길 기다린다?

일망타진의 기회가 될 수는 있지만 그렇다고 전부 모이는 걸 바라진 않는다.

저들은 다수고 무영은 혼자다.

적어도 군세를 이끄는 일에 있어서 명령 체계는 단순할수록 좋다.

"군을 나누겠다. 멀더던과 너희들이 각자 망령들을 이끌고 아직 합류하지 않은 탑을 쳐라. 또한 합류하기 전의 지점에 매복해서 모든 지원을 끊어라."

무영은 직접 전쟁을 벌인 적이 없지만 그래도 수많은 전쟁터를 전전했다. 나름대로 보고 들은 게 있었다.

중간의 지원을 끊는 게 전쟁에서 무척이나 중요하다는 것쯤은 안다. 망령이라 먹을 필요는 없다지만 보충되는 인원 자체를 끊어버리면 맥이 빠지게 되어 있었다.

무영은 자신의 이점을 충분히 살렸다. 이어서 남은 군세를 모조리 모았다. 해모수를 치기 위함이었다.

'굳이 시간을 끌 필요가 없다.'

이미 승기를 잡았는데 여기서 시간을 주는 건 미련한 짓이다.

무영은 다른 건 몰라도 물이 들어왔을 때 노 젓는 방법을 아주 잘 알았다.

알란은 신성도시 뮬라란의 1급 사제였다.

　평소라면 뮬라란에서 신앙을 닦아야 할 그가 지금은 뮬라란과 한참 떨어진 군자성에서 소수의 기사와 함께 체류하고 있었다.

　"사제님, 아직도 탑으로 들어가는 허가가 나지 않았습니까?"

　음식점에서 채소절임을 먹던 사제 알란이 고개를 저었다.

　"공식적인 문서 등은 모두 전달했습니다만……."

　"후! 도리어 감시만 늘었습니다. 어디를 가나 눈길이 따라오고 있어요."

　알란은 슬쩍 고개를 돌렸다. 그러자 눈빛을 대놓고 피하는 사람들이 있었다.

　숨을 생각도 없다. 그냥 대놓고 감시 중이었다.

　그만큼 탑에 대해서 숨기고 싶다는 의미였다. 하지만 뮬라란의 행사라 무시는 못하고 소수만 군자성 내부로 들인 것이다.

　알란은 현실을 깨닫곤 한숨을 내쉬었다.

　"성자나 이단 심판관 정도만 되었어도 이렇게 무시를 하지는 못했겠지요."

　성자, 이단 심판관.

　성황을 제외한 뮬라란에서 가장 강한 부류의 사람이었다.

1급 사제는 쌔고 쌨다. 가진 권한도 많지 않다. 하지만 뮬라란에서 알란을 이쪽으로 파견시켰기에 어쩔 도리가 없었다.

"뮬라란은 군자성에서 일어난 일을 대수롭지 않게 취급하는 걸까요?"

"그렇지는 않습니다. 다만……."

성기사가 묻자 알란이 말을 아꼈다.

뮬라란도 이번 사태에 대해 깊은 관심을 가지고 있다.

하지만 배분할 인원이 없었다.

지금 뮬라란은 내부적으로 급박하게 돌아가는 와중이다. 한 소녀의 출현이 뮬라란에 거대한 파장을 낳았기 때문이다.

소녀가 등장하고 벌써 2년.

순식간에 성녀의 자리마저 꿰어 찬 소녀는 성황마저 조종하고 있었다. 누군가는 소녀를 보고 천사라고 칭했으며 누군가는 사람을 매혹하는 마녀로 규정했다. 하지만 마녀로 규정한 자는 모두 급사했다.

급사.

원인을 밝힐 수가 없었다.

하지만 그들은 모두 소녀를 규탄했었다. 때문에 지금 뮬라란은 정지 상태다. 모든 문을 닫고 그들이 죽은 원인을 밝혀내고 있었다.

물론 진척은 되고 있지 않았다.

하지만 소녀가 등장하고 나서부터 뮬라란은 이상해졌다.

소녀의 이름은 히아신스.

고작 1급 사제인 알란이 이런 중대한 일을 맡게 된 원인이다.

성기사들도 대충 상황은 안다. 그래서 고개를 끄덕이는 것으로 대화를 끝냈다.

'앞으로 어찌해야 될지 감도 안 잡히는구나.'

대동한 성기사도 고작 다섯에 불과했다. 군림세가가 숨기고자 한다면 파고들 힘조차 없었다. 도리어 목숨이나 부지하면 다행일 것이다.

'저 탑에 분명히 뭔가가 있다.'

알란은 슬쩍 문 밖으로 시선을 던졌다.

군자성에 세워진 탑들은 하루가 다르게 늘어나는 중이었다. 이대로 가다간 군자성 전체가 탑으로 가득 찰 것이란 이야기도 나오는 중이었다.

안 그래도 뮬라란은 군자성을 예의주시하고 있었다. 정확히 말하자면 군림세가다.

'군림세가에서 숨겨놓은 무기가 있다.'

저 탑들은 그 무기가 원인이 되어 발현된 것일 수도 있다고 뮬라란의 지도부는 결론을 내렸다.

하여 알란의 임무는 과연 탑이 군림세가가 숨겨놓은 무기와 관련이 되어 있는지 밝히는 것이었다.

하지만 군림성의 분위기는 뭐랄까, 살벌했다.

'게다가 군림건이 죽었다고 했지. 탑까지 출현했으

니…….'

군림세가의 적자가 죽었다는 소식을 들었다.

그 뒤로 군자성의 분위기는 살벌해졌다.

군자성 입구에는 창살에 꽂혀 죽은 사람들의 숫자가 열이 넘는다. 자칫 잘못했다간 알란과 성기사들도 운명을 같이할 것이었다.

쿠르르르르릉!

그 순간이었다.

한숨을 내쉬며 채소절임을 한 젓갈 입에 머금었을 때, 바닥이 요동치며 바로 옆에서 탑이 치솟기 시작했다.

탑은 건물 따위를 무참하게 박살 내며 끝없이 올라갔다.

알란은 잠시 멍하니 그 장면을 지켜볼 수밖에 없었다. 정말 느닷없었기 때문이다.

쿠르릉! 쿠르르르르릉!

심지어 솟아오르는 탑은 하나가 아니었다.

곳곳에서 동시다발적으로 탑들이 솟아오르고 있었다.

"이게 무슨 일이야!"

"도, 도망쳐!"

혼비백산!

사람들이 도망쳤다.

"사제님, 벗어나야 합니다."

성기사들은 알란의 어깨를 붙잡았다.

하지만 알란은 꿈쩍도 하지 않았다. 대신 바로 앞에 생겨난 탑의 문을 바라보고 있었다.

"……들어갑시다."

"지금 뭐라고 하셨습니까?"

"탑에 들어갑시다. 마침 바로 앞에 들어가 달라는 듯이 문이 생기지 않았습니까?"

알란은 침을 꿀꺽 삼켰다. 바로 옆에서 밥을 먹던 사람이 사라졌다.

그 대신 탑의 입구가 있었다. 건물의 천장이 뚫려서 탑의 위용이 그대로 보인다지만 알란은 차라리 지금이 기회라고 보았다.

"사제님, 위험합니다."

"굳이 지금일 필요는 없지 않습니까?"

"일단 물러서고 정식 절차를 밟은 뒤에 와도 늦지 않습니다."

성기사들이 만류했다.

하지만 알란은 창백한 얼굴로 고개를 저었다.

1급 사제. 딱히 내세울 것도 없는데 엄청나게 중대한 임무를 부여받았다. 빈손으로 돌아가나 여기서 죽나 매한가지다. 알란은 성기사들의 만류를 뿌리치곤 발을 옮겼다.

"저는 들어가겠습니다. 어차피 군림세가에선 절차를 밟지 못하도록 온갖 방해를 해올 겁니다. 그럴 바엔 모험을 하는 게 낫습니다."

새가슴이지만 알란은 용기를 냈다.

성기사들도 의외라는 것처럼 알란을 바라보다가 고개를 끄덕였다.

"위험이 생기면 동의 없이 강제로 탈출시키겠습니다. 아시겠습니까?"

"잘 부탁드립니다."

알란이 탑의 문을 향해 발을 디뎠다.

탑은 넓었다.

게다가 계단이 끝없이 펼쳐져 있었다.

"헉, 헉, 헉……."

알란은 저질 체력으로 어떻게든 탑을 올랐다.

하지만 도저히 속도가 나지 않았다.

하는 수 없이 성기사 한 명이 앞으로 가 자세를 낮췄다.

"업히십시오."

굴욕적이지만 알란은 지금 심장이 터질 것 같았다.

앞뒤를 따질 때가 아니었다.

알란이 성기사의 등에 업히자 속도가 조금 났다.

'으스스하군.'

사제인 자신이 느끼기에도 이 탑은 정상이 아니었다.

괴물이 있는 것 같지는 않은데 묘한 귀기가 느껴진다고

할까?

성기사들은 부지런히 발을 놀렸다.

그렇게 한 시간 가량을 오르고서야 겨우 탑의 정상에 도착할 수 있었다.

"일단 무기로 보이는 물건은 없군요. 그냥 낡은 탑 그 이상이 아닌 것 같은데······."

알란은 최상층에서 다시 바닥에 발을 딛고 주변을 살폈다.

하지만 이렇다 할 것은 보이지 않았다.

"그래도 군림세가에서 필사적으로 숨기는 이유가 있을 겁니다. 저희들은 그 이유를 알아내야 합니다."

알란은 눈에 불을 켰다.

들어온 이상 뭐라도 하나 건져 가야 한다.

탑을 나서는 순간 무슨 일이 벌어질지 몰랐다.

한참 주변을 어슬렁거리던 알란이 한 지점에서 멈춰 섰다.

'이건?'

검이 꽂혀 있었다.

알란은 무의식적으로 꽂힌 검을 뽑았다.

그 순간.

샤아아아아아아아!

귀신들린 소리가 주변을 수놓았다.

알란을 비롯한 성기사가 모두 당황했다.

소리만 들리는 게 아니었다. 주변으로 수십, 수백의 괴물이 생성되기 시작했다. 심지어 괴물은 대부분이 처음 보는 형상을 하고 있었다.

"사제님!"

"물러나십시오!"

성기사들이 달려와 사제를 보호했다. 하지만 낙관적이진 않았다. 생성된 괴물들은 딱 보기에도 심상치 않아 보였기 때문이다.

그륵. 그르륵.

샤아아아아!

괴물들이 알란과 성기사들을 발견하곤 천천히 다가왔다.

꿀꺽!

'오오, 신이시여. 저를 불쌍히 여기시옵소서.'

침을 삼킨 알란이 눈을 질끈 감았다.

성기사들도 나름 정예로 추렸으나 눈앞의 괴물들은 못해도 상급 이상은 되어 보였다. 상급의 괴물들이 이만한 숫자로 모여 있다니. 확실히 정상적인 일은 아니었다.

"멈춰라."

그때였다.

웬 굵직한 남자의 목소리가 들렸다.

슬그머니 눈을 뜨자 여섯 개의 날개를 지닌 남자가 괴물들의 중심부에 서 있었다.

'저 남자는……'

여섯 개의 회색 날개를 지닌 남자!

악마는 아니다. 하지만 악마와도 같이 불길했다.

무저갱과 같은 두 눈.

심지어 남자의 주변은 불길로 불타오르고 있었다.

마치 지옥의 제왕과도 같은 모습이 아닌가.

하지만 그 와중 느껴지는 신성함의 원인을 도저히 모르겠다.

그야말로 혼돈.

"다, 당신은 누구십니까?"

"무영."

남자가 답했다. 그의 날개가 갑자기 펼쳐지며 순식간에 알란을 덮쳤다.

'아아!'

지옥도의 모든 탑을 정복했다.

44개. 더불어 44명의 주인을 굴복시키고 오롯이 혼자만 설수 있었다. 그러자 모든 탑의 최상부에서 붉은 빛이 가열되며 하늘 위로 광선을 쏘았다.

이윽고 하늘의 풍경이 바뀌었다. 하늘을 올려다보자 현실세계가 보였다. 지옥도와 현실이 완벽하게 연계되기 시작한 것이다.

〈44개의 탑을 정복했습니다.〉

〈44,000의 망령을 현세로 실체화시키는 게 가능합니다.〉

〈44명의 주인을 모두 소멸시켰습니다.〉

〈'킹슬레이어 – 왕 학살자' 업적을 완료했습니다.〉

〈현재 만족도 – 하급 37, 중급 14, 상급 47, 최상급 2〉

〈만족도에 따라 보상이 주어집니다.〉

+'소드마스터' 스킬의 랭크가 상승합니다. A → S

+전승 효과 '검신검귀의 힘'을 일깨웠습니다.

+전승 효과 '왕 학살자'가 추가되었습니다.

〈연계 업적 '킹슬레이어 – 왕의 길'이 시작되었습니다.〉

〈100명의 왕을 살해했으니 이제 온전한 왕의 자리에 오를 차례입니다. 왕국을 건설하고 충직한 부하를 만드십시오.〉

〈'킹슬레이어 – 왕의 길' 업적을 완료했습니다.〉

〈사용자는 현재 지옥도의 왕, 지옥왕으로 인정받고 있습니다.〉

+왕의 군세(휘하 병사들의 모든 능력치+10) 효과.

+킹슬레이어가 현재 착용한 무구 중 검을 제외한 하나를 무작위로 가져옵니다.

+'기사왕의 하의'를 획득했습니다.

〈연계 업적 – 세계의 왕〉

〈세계의 과반 이상을 정복하십시오. 킹슬레이어조차 해내지 못한 일입니다.〉

〈보상 – 킹슬레이어〉

〈세계의 왕이 되는 순간 킹슬레이어가 사용자의 기사가 되기를 자처할 것입니다.〉

눈을 어지럽힐 정도로 떠오른 글귀들. 무영은 그 하나하나를 음미하듯 곱씹었다. 무엇 하나도 버릴 게 없었기 때문이다.

우선 왕 학살자를 완료하자 전승 효과 두 개가 추가됐다.

'검귀검신의 힘, 왕 학살자.'

무영은 즉시 상태창 시계를 돌렸다. 이어 상태창이 떠오르자 추가된 전승 효과를 확인했다.

전승 효과→〉

검귀검신의 힘(???. 검귀 혹은 검신이 된다.)

왕 학살자(S++. 지혜지능+50. 왕의 진언 효과.)

왕 학살자의 경우 추가되는 능력치가 상당하다. 그저 전승 효과 두 개를 얻었을 뿐인데도 전신에 힘이 넘쳐나는 것만 같았다.

뿐만인가.

'아직 진화되지 않은 전승 효과다.'

검귀검신의 힘은 아직 확정되지 않은 효과였다.

검귀, 혹은 검신이 되거든 그 효과가 나타나리라.

문제는 어떠한 상황에 닥쳤을 때 검신이나 검귀가 되는지 알 수 없다는 것.

이러한 전승이 과거에도 몇 가지 있었다.

그리고 그러한 것 모두가 진정한 힘을 되찾았을 때, 상상을 초월하는 효과를 지니게 되었다. 검귀검신. 그 이름처럼 어떠한 형식으로 발현이 될지 기대가 되었다.

전승으로 추가된 이상 머지않아 발현시킬 수 있을 터였다.

왕 학살자의 효과도 눈에 띄었다.

'왕의 진언.'

한 마디로 왕언이다. 용언(龍言)과 비슷한 효과인 듯싶었다. 무영의 모든 말은 왕의 말처럼 강제력을 발휘하게 된다는 뜻이다.

설마 말의 힘 같은 걸 얻게 될 줄은 상상도 못했다.

일전 용언의 힘을 지닌 버그라는 남자를 지하 투기장에서 만나긴 했으나 그 외엔 전무할 만큼 희귀한 힘이었던 탓이다.

거기서 끝이 아니었다.

'연계 업적을 한 번에 깨버렸군.'

지옥도를 정복하자 왕으로 인정받았다.

하!

마왕도 아닌 지옥왕이라니. 피식 웃음을 흘리고 말았다. 전혀 위화감이 느껴지지 않았다. 이처럼 자신과 잘 맞는 이름도 드물 것이다.

왕의 군세로 인해 망령들은 강화되었다. 게다가 킹슬레이어의 무구도 하나를 가져왔다.

'기사왕의 하의?'

무영은 현재 '파멸의 하의-바론'을 입고 있었다.

하지만 바론의 경우 발동 조건이 까다로워서 좀처럼 사용을 하지 못하고 있었다.

그런 의미에서보자면 새로 얻은 하의가 나쁘지 않았다.

무영은 허공에 생성된 알 수 없는 금속 재질로 만들어진 하의를 살펴보았다.

명칭: 기사왕의 하의

등급: S++

내구: 무한

분류: 하의

효과: 기사왕 킹슬레이어가 사용하는 하의. '신의 금속'으로 이루어져 있다. 대장장이의 신 '오스웬'이 만들었다.

+모든 능력치+40

+절대로 부서지지 않음

+믿음, 충절의 증표. 누군가에게 강렬한 신뢰감을 준다.

깔끔하기 그지없는 설명이었다.

하지만 그것만으로도 충분하다.

모든 능력치의 중요성이야 두말할 게 없고 무한한 내구성을 가진다는 건 위험한 상황에서 충분히 사용할 수 있다는 뜻이다.

믿음과 충절의 증표는 당장 써먹을 곳이 없지만 이러한 지속 효과는 있어서 나쁠 게 없었다. 오히려 눈치채지 못하는 곳에서 조금씩 긍정적인 효과를 끌어내기도 한다.

마치 작은 눈이 눈덩이가 되어 굴러가듯 조금씩 크게 말이다.

'하물며 세계의 왕이라……'

마지막 연계 업적.

세계의 절반 이상을 정복하고 진정한 왕이 되어라!

무영은 턱을 쓸었다.

다름이 아니라 그 보상에 킹슬레이어가 있었던 것이다.

'킹슬레이어 자체를 부릴 수 있다는 말이로군.'

설마 이면의 주인 중 하나를 지배할 가능성이 생기리라곤 상상도 못했다.

하지만 이 업적을 달성하기 위해선 수많은 마신을 꺾어야 한다.

아직 갈 길이 멀다는 뜻.

무영은 변화한 상태창을 확인했다. 능력치에 상당한 변화가 있었으니 이를 눈에 익혀두기 위함이다.

능력치─〉

힘 665(368+297)

민첩 619(357+262)

체력 629(371+258)

지능 633(325+308)

지혜 648(335+313)

투기 551(313+238)

마법 저항 613(165+448)

망혼력 608(380+228)

악성향 609(381+228)

진·신성력 644(466+178)

진·화속성 588(410+178)

종합 레벨: 631

특이사항 : 루키페르의 힘이 봉인되어 있습니다. 가브리엘의 힘을 계승했습니다. 무영검을 만들고 있습니다. 신을 죽이는 창이 심장에 새겨져 있습니다.

대부분의 능력치가 600을 넘어섰다.

물론 보정 능력치의 도움이 없었다면 불가능했겠지만, 이 능력치 또한 무영이 얻어낸 것들이다. 고로 무영의 힘이라고 할 수 있었다.

과거에도 600이 넘는 종합 능력치는 거의 본 적이 없다.

하물며 대부분이 그렇다면 무영은 확고히 인류 최강의 자리를 거머쥔 셈이다.

단언하건대 용군주 한성조차도 이제는 무영에게 안 된다. 그가 그의 용과 함께해도 마찬가지다.

하지만 아직 초월체에는 이르지는 못했다. 초월체로 향하기 위한 진정한 '각성의 의식'을 경험하지 못했기 때문이다.

각성의 의식…….

거대 길드나 세가에선 이 '의식'을 겪으면 세상을 보는 눈이 바뀐다고 한다.

모든 초월체, 혹은 마신들이 의식을 겪은 자를 또한 인식하게 된다고.

한마디로 세계의 중심으로 다가가게 된다는 이야기다.

능력치 자체는 충분히 초월체의 근접할 수준이지만 그럼에도 의식을 겪지 못한 이유는 대강 짐작할 수 있었다.

'순수 능력치.'

하지만 순수 능력치는 어쩔 수 없다.

아무리 무영이 빠르게 성장한다지만 모든 시간을 뒤엎을 정도는 아니었다. 하여 보다 빠르게 강해질 수 있는 장비의 도움을 받은 것이다.

이제는 순수 능력치를 올리는 데 집중할 시기였다.

그리고 그것은 왕의 행보를 걷다 보면 자연스럽게 완성될 일이었다.

쿠르르르릉!

그 순간.

무영이 모든 걸 확인한 찰나에 이변이 일어났다.

44개의 탑. 그 중심에 45번째 탑이 솟아오른 것이다.

"왕이시여!"

"새로운 지옥도의 진정한 왕이시여!"

구미호들이 가장 먼저 무릎을 꿇었다. 그러자 수많은 지옥도의 망령이 무영에게 충성의 뜻을 보냈다.

무영은 45번째 탑에 올랐다.

그곳의 최상층에 오르는 순간, 세상에 뒤집혔다.

눈앞에 있는 사제와 성기사들.

무영은 전혀 신경도 쓰지 않았다. 대신 그의 너머에 있는 검이 눈에 들어왔을 뿐이다.

검은 별 볼 일 없게 생겼다. 녹이 슨 걸 보아 연식도 오래되어 보였다.

하지만 이 검에는 다른 기능이 새겨져 있었다.

'망령들을 현실로 불러들이는 힘.'

망령들을 실체화시키고 그 힘을 유지하게 만드는 힘 말이다.

실제로 무영의 주변으로는 망령들이 실체화되어 사제와 성기사들을 압박하는 중이었다. 실체를 갖는다는 건 그만큼 물리력을 행사할 수 있다는 뜻.

무영은 강력한 괴물 44,000마리를 얻은 것이나 다름없었다.

'먹어 치워라.'

비탄이 검을 먹어 치웠다.

〈'망자의 검'을 포식했습니다.〉

〈비탄에 '망자의 현신' 기능이 추가됩니다.〉

이어, 무영은 바깥으로 시선을 돌렸다.

45개의 탑이 군자성 곳곳에 솟아나고 있었다.

'지옥도와 현실의 경계가 허물어졌다.'

그 장소가 심지어 군자성이라!

무영의 입가가 살며시 올라갔다.

지옥왕이라는 이름. 그 이름처럼 무영은 군자성에 지옥을 불러들인 셈이다.

어찌할까를 고민하다가 그 고민조차 부질없음을 깨달았다.

'엘라르시고를 탈취한다.'

처음엔 절차를 밟을 생각이었다.

전진세가에서 내려주는 시련을 받아들이고 그를 해결하여 엘라르시고의 봉인에 다가갈 생각뿐이었다.

하지만 지옥도를 다녀오며 예정이 변경됐다. 지옥도의 군세를 얻은 이상, 더는 눈치를 볼 필요가 없었다.

이곳은 군자성. 군림세가의 심장부다.

바깥에서의 침입도 아니고 내부에서 적을 치는 일이다.

어찌 그냥 두고 볼 수 있겠는가!

절호의 기회였다. 이 기회는 다시 오기 어렵다.

"다, 당신은 누구십니까? 악마입니까? 아니면……."

"살고 싶다면 보지 말고, 듣지 말고 그대로 있어라."

그제야 무영은 사제에게 시선을 줬다.

하지만 그뿐이었다.

뮬라란의 사제를 굳이 건드릴 필요는 없었다.

오히려 그는 산증인이 되어 무영의 이야기를 전할 역할이었다.

보지 말고 듣지 말라 했지만 사람은 하지 말란 걸 더 잘하는 법이었으니.

스륵. 스르륵.

무영이 비탄을 바닥에 끌었다.

그 소리에 따라 괴물들이 움직였다.

이어 무영은 날개를 활짝 펼쳤다.

탑의 바깥으로 나가 모든 혼란의 중심에서 작게 입을 열었다.

"지금부터…… 정복을 시작한다."

타칸은 낌새를 느꼈다. 아니, 타칸만이 아니다.

군자성의 모든 사람이 자연스럽게 하늘로 시선을 옮겼다.

여섯 장의 날개를 지닌 남자.

그는 지옥의 헌신과도 같았다.

그의 위로 거대한 붉은 별이 떠올랐다. 그리고 그가 나타난 순간 하늘은 자취를 감췄다.

하늘을 대신해 지옥도가 허공에 펼쳐져 있었다.

세계의 반전.

지옥도는 현실이 되었고 현실은 지옥도가 되었다.

크아아아아아!

모든 탑에서 괴물들이 튀어나왔다. 그 숫자는 족히 수만을 헤아렸다.

"이, 이 괴물들은 뭐야!"

"처음 보는 괴물들밖에 없잖아!"

미지는 공포다.

경험하지 못한 것을 상대하는 건 더한 곤욕이었다.

사람들은 주춤거렸다. 누구 하나 쉽사리 나서지 못했다.

'무영!'

말은 하지 않았지만 무영의 부름이 있었다.

타칸은 즉시 검을 들고 대열에 합류했다.

그러자 무영은 7,777개의 깃털을 허공에 띄웠다. 심지어 전신이 거룩한 불꽃으로 거대하게 타오르고 있었다.

그 모습은 지옥의 왕을 연상시키기에 충분했다.

"무릎을 꿇고 항복해라. 무릎 꿇은 자는 죽이지 않겠다."

강력한 강제성을 지닌 왕언(王言)이 발동했다.

지옥왕의 마지막 권유이자 명령이었다.

작은 소리였지만 모두의 귀에 박혔다.

그리고 감히 항거할 수 없는 힘 또한 느꼈다.

하나둘, 공포에 절은 사람들이 무릎을 꿇기 시작했다.

사람들은 뭉치지 못했다. 그들은 서로 화합하지 못하고 서로 믿지 못했다. 군림건이 죽은 이후부터 벌어진 강력한 처벌과 혼란은 서로에게 불신의 벽을 쌓았던 것이다.

애당초 군자성의 패주 군림세가 자체가 독자적인 노선을 걷는 것도 한몫했다. 그들은 자신의 아성만 쌓을 줄 알았지 군자성 전체의 이익과 관계되는 일은 한 적이 없었다.

군자성 내부로 적이 침입한 것도 수십 년 동안 처음 있는 일이었다.

자신의 심장에서 벌어지는 일.

무엇보다 빠른 대처가 필요했지만 무영이 몰아치는 속도가 너무나도 빠르다. 알란은 눈앞에 펼쳐진 지독한 광경에 전신을 바르르 떨어댔다.

'지옥이다. 여기가 바로……'

끊임없이 들리는 비명 소리.

불타고 재가 되어 건물이 무너지는 소리.

세상은 붉었고 하늘까지 닿은 탑들은 마치 저주의 상징처럼 보였다. 온갖 것에 훈련된 성기사들조차 할 말을 잊고 있었다.

무슨 말이 필요할까.

괴물들은 무릎 꿇은 자들을 죽이지 않았다. 하지만 꿇지 않은 자들은 참혹하게 죽였다. 일말의 망설임 없이.

배가 갈리고 내장이, 뇌수가 쏟아지는 그 모습엔 왜인지 현실감이 없었다.

현세가 아닌 지옥과 같았기에.

"저희가…… 도와야 하지 않겠습니까?"

알란이 꾸역꾸역 가슴부터 올라온 말을 입에 담았다.

도와야 한다. 그는 1급 사제였고 항상 도우며 살라는 성언의 말씀을 따르고 있었다.

하지만 발이, 입이 떨어지지 않았다.

성기사들조차 이번 일엔 그다지 적극적이지 않았다.

"뮬라란으로 돌아가서 구호를 요청하는 편이 낫습니다."

"인정하기 싫지만 저희만으로는 아무런 도움이 되지 않을 겁니다."

성기사들의 만류는 당연한 것이었다.

계란으로 바위치기?

아서라.

계란조차 되지 못한다. 굳이 비유하자면 물방울 하나 정도는 될까?

계란으로 바위를 치면 흔적이라도 남지만 물방울은 다시

증발해 버린다. 아무런 표시조차 남길 수가 없다.

"어떻게 나가서 구호를 요청한단 말입니까?"

알란의 목소리에서 핏기가 느껴졌다.

나갈 수도 없다. 자신들은 탑에 갇혀 있는 와중이었다. 나가려고 한다면 괴물들과의 일전을 불사해야만 했다.

"적어도…… 아이들만이라도. 아이들만이라도 구하고 싶습니다."

알란이 정의하기에 저 날개 여섯 개 달린 남자는 악이었다.

그는 전쟁을 일으켰고 지금 학살을 자행하는 중이다.

무릎 꿇은 자에 대한 자비?

그 일말의 자비를 보여줬다고 정당성이 생기진 않는다.

어쨌거나 그는 침략자였다. 무슨 이유를 가져다가 붙이더라도 그 사실은 변하지 않는다.

괴물들은 그저 무릎 꿇은 자들만 죽이지 않았다. 그 외엔 어른과 아이를 구분하지 않았다. 간단한 명령만을 전달받을 수 있는 폐해다.

"사제님."

"모두 따라 오라곤 말 안 하겠습니다. 저 혼자만이라도 가겠습니다."

사제, 알란은 자신이 행할 도리를 하고자 하였다.

뮬라란의 사제로서, 어른으로서의 도리 말이다.

자신부터 하지 않으면 마계는 그야말로 지옥이 될 것이었다. 아무런 희망도, 질서도, 서로 간의 정조차도 없는.

그런 세계가 되기를 바라진 않는다.

이는 모든 뮬라란의 사제가 바라는 것이었다.

세상이 악뿐이라면 혼자라도 선이 되고자 하는 욕망.

그러한 욕망이 사제들의 필수 덕목이었다.

'나는 악을 따르지 않을 것이다.'

알란이 움직였다.

무영은 그저 순응하며 받아들이는 걸 그다지 좋아하지 않는다.

이번 일도 마찬가지였다.

군림세가와 그 외 세가들이 조금 더 반항하기를, 발악하기를 바랐다.

그래야 비로소 모두의 적이 되겠다는 그 생각이 가치를 갖기 때문이다.

'저들의 욕망을 끌어올린다.'

욕망은 힘이다.

살고자 하는 욕망과 강해지겠다는 욕망이 합쳐지면 엄청난 속도로 강해지는 게 가능하다.

무영이 무영이라서 강해진 것 같은가?

아니다. 그 근저에는 그만한 노력이 있었다.

물론 정보를 무시할 순 없다지만 현 인류는 무영 못지않은 정보를 이미 갖추고 있었다.

그것을 공개하지 않고 서로의 이익만을 추구하기에 이런 폐단이 생긴 것이다.

무영은 그러한 폐단들을 전부 없애 버릴 작정이었다.

그러려면 소극적인 움직임으로는 안 된다.

이처럼, 극단적이어도 무영과 같은 자가 나타나야 했다.

과거 용군주 한성이 그러한 역할을 맡았지만 그는 실패했다.

'한성, 그는 마음이 모질지 못했다.'

조금만 더 모질었다면.

조금만 더 참을 줄 알았다면.

한성의 변혁은 성공했을 것이다.

인류는 하나로 뭉쳐서 악에 대항할 힘도 얻었을 터였다.

하지만 한성은 그 정도로 모질지 못했다. 같은 인간을 상대로 전쟁을 벌이고, 그들의 피로 점칠된 길을 걷지 못했다.

반면에……

'나는 다르다.'

무영은 그 길을 걷고자 한다.

그리하여 마신들의 적 또한 될 생각이었다.

모든 것의 적!

무영이 가고자 하는 길은 멀고 험하다. 누구하나 인정하지 않으며 누구하나 챙겨주지 않는 그 길을 홀로 걸을 것이었다.

이 일은 오로지 무영만이 할 수 있는 일이기에.

'가장 먼저 할 일은 지식의 개방.'

군자성은 특히 폐쇄적이다.

이곳에 묻힌 정보의 양은 상상을 초월한다.

오죽하면 전진세가의 육성과 같은 곳이 생겨났겠는가.

그들조차 안에 무엇이 들어 있는지 모를 정도로 방대한 정보가 거기 있었다.

당연히 무영이 가장 먼저 향한 곳은 전진세가였다.

손을 뻗자 치지직! 하는 소리와 함께 타는 냄새가 났다.

전진세가에서 진을 발동시킨 것이다.

철저한 방어진.

'웃기는군.'

하지만 무영 앞에선 재롱처럼 보일 따름이었다.

서은세를 부르면 해제는 간단하다. 그녀는 45번째 탑의 정체를 가장 먼저 파악하고 지옥도의 진체를 알아낼 정도로 분석하는 능력이 박식했다.

그러나 무영은 서은세를 부르지 않았다.

대신 손을 들어 거룩한 불꽃을 마구잡이로 늘렸다.

콰르르르르르르릉!

거룩한 불꽃이 둥근 원 형태로 뭉쳤다.

그 크기가 조금씩 커져갔다.

그러자 거대한 지각변동이 일어났다.

인력의 영향인지 땅이 솟구치며 거룩한 불꽃을 향해 들썩 댔다.

무영은 그 상태 그대로 거룩한 불의 구를 전진세가를 향해 던졌다.

콰아아아아아아아아앙!

전진세가의 정수. 방어진이자 수호진에 그 구가 닿자 엄청 난 굉음이 터졌다.

정확히 37겹으로 쌓인 수호진의 하나하나가 벗겨지기 시 작했다.

1, 2, 3…… 순식간에 30겹을 넘어섰다.

그 안에 있던 이들은 눈을 동그랗게 떴다. 믿을 수가 없다 는 듯이.

"너희의 죄명은…… 방관이다."

세상이 몰락했을 때, 갖은 영웅이 죽어 나갈 때, 전진세가 는 움직이지 않았다.

수수방관. 그들은 똑똑했지만 그 지식을 세상을 위해 사용 하지 않았다.

진법에 파묻혀서 그것을 연구하다가 세월을 보냈다.

연구 자체를 부정하는 게 아니다. 하지만 그 연구의 성과 를, 지식을 어째서 사용하지 않고 그저 묻어두기만 한단 말 인가!

그 기술로 말미암아 오히려 악마들이 득세했다.

몇몇 마왕과 마신이 전진세가의 기술에 흥미를 느끼고 그들의 것을 탈취한 덕택에 인류는 더욱 힘든 상황을 맞이할 수밖에 없었다.

그럴 바엔 없는 게 낫다.

쿠르르르릉!

37겹의 수호진이 모두 깨졌다.

하지만 거룩한 불의 구는 그 힘을 전혀 잃지 않았다. 그대로 전진세가의 성에 처박혀 주변을 모두 증발시켰다.

사람도, 건물도, 대지도, 모든 게.

하지만 지하에 묻힌 것들은 그대로 남아 있었다.

무영은 육성을 파냈다.

육성. 거대한 지식의 창구.

물론 그저 파내기만해서는 다시 잠길 뿐이었다.

이것을 보고 분노할 사람이 필요했다. 공신력을 갖으며 힘이 있는 사람이.

"멈춰라, 이 악마야!"

뮬라란의 사제가 모습을 드러냈다.

전진세가가 단번에 사라진 모습을 보고 그 역시 이성을 잃은 듯싶었다.

"사람 목숨이 그리도 하찮아 보이더냐!"

"하찮군."

실로 하찮다.

손짓 한 번에 사그라지는 이 목숨이란 거.

살수였을 시절에도, 지금도 생명의 무게는 무영에게 너무나 가벼웠다.

이 무게는 평생을 가도 똑같을 테지.

"생명은 존엄한 것이다! 생명을 쉽게 생각해선……."

"내게 설교할 셈인가?"

쿵! 쿵!

아홉 개의 꼬리가 달린 거대한 구미호가 모습을 드러냈다.

능히 5층 건물 수준은 되어 보이는 거대한 동체. 거구에서 뿜어지는 괴력과 여우 구슬을 이용한 파괴는 누구도 막을 수 없었다.

그 숫자가 무려 다섯.

구미호들이 알란과 성기사들을 감쌌다.

크롸아아아악!

그리고 공중에선 일곱 기의 본 드래곤이 하늘을 날았다.

본 드래곤들은 괴물들을 도와 파괴공작을 일삼았다.

"당신은 반야가 아닌가? 어찌 이런 잔학무도한 짓을 저지른단 말이냐!"

알란은 무영이 반야라는 것을 알아냈다.

본 적이 없을 텐데 상당한 추리력이다.

하지만 무영은 고개를 저었다.

"나는 반야가 아니다."

그리고 이어서 말했다.

"나는 무영이다."

없을 무.

그림자 영.

처음에는 유영이라는 이름이었으나 어느새 무영은 세계의 그림자가 되었다.

"무…… 영!"

알란이 이름을 곱씹었다.

"그리고 내가 잔학무도하다고 했나? 아니다. 사람은 모두 잔악하고 무도하다."

"그렇지 않다! 사람은 항상 선한 부분을 가지고 있단 말이다!"

"그래? 그러면 저 지하에 있는 것들은 사람이 행한 것이 아닌 모양이로군."

무영이 세가를 지워 버리자 지하로 이어지는 거대한 몇 개의 철문이 나타났다.

무영의 공격조차 버텨낸 철문이다. 그 안에 있는 내용물이 가벼울 리 없다.

괴물들이 그 철문 중 하나를 열었다.

그러자 썩지 않은 수많은 미라의 모습이 드러났다.

"진법의 연구를 위해 그들은 죄 없는 사람들을 이 안으로 넣었다."

"뭐?"

끼이익! 쿵!

다른 철문이 열렸다.

이번엔 수많은 동물과 이종족의 시체가 모습을 드러냈다.

"오로지 사람의 생명만이 중요한 것인가?"

"어찌 이런…… 있을 수 없다. 뮬라란이 눈을 시퍼렇게 뜨고 있는 한!"

알란은 믿기지 않는다는 듯 고개를 저었다.

하지만 무영은 피식 웃어 보일 따름이었다.

"정보의 독점. 그 말은 마음먹기에 따라 정보의 차단 역시 가능하다는 뜻이다."

전진세가는 철저히 방관만 하였다.

그럼에도 누구 하나 건들지 못했다.

그들이 가지고 있는 정보는, 또한 힘이 되었기 때문이다.

누군가의 약점조차 가지고 있으니 어찌 쉽게 건드리겠는가.

끼이익!

쿵!

마지막 철문.

이번엔 시체는 없었다.

하지만 그 안엔 지하로 이어지며 빼곡히 들어선 수만, 수십만 권의 책이 있었다.

"너라고 이 힘을 얻으면 오로지 선하게만 사용할 것 같은

가? 정보는, 지식은 다른 무엇보다 강력한 무기가 된다. 그러한 무기는 사람의 정신을 빼앗고 물들이지."

"나는 현혹되지 않는다! 악마의 유혹 따위엔 넘어가지 않아!"

대량 학살을 본 이후 알란은 살짝 이성을 잃었다.

항상 평정심을 유지해야 하는 사제와는 사뭇 다른 모습이다.

"그렇다면 가져봐라. 여기서부턴 너와 나의 싸움이다. 과연 네가 이 힘에 물들지 않을지 참으로 궁금하군."

무영은 알란을 도발했다.

그러면서 작은 암시도 넣었다.

무영이 행사하는 왕언과 사람의 심리를 조정하는 법.

알란은 이 지식들을 철저히 공개하고 오로지 사람들을 위해 사용할 것이다.

그의 성격을 보건대 자신만을 위해 사용할 가능성은 적었다.

무영은 날개를 펼쳤다.

그리고 유유히 다른 장소를 향해 떠나갔다.

"나는 물들지 않을 것이다! 너와 같은 악이 되지는 않을 것이야!"

알란이 목에 핏줄을 세우며 열변을 토했다.

그래, 그는 고발자다.

육성의 서고에서 챙겨야 할 물건 몇 가지를 제외하면 그곳의 지식은 무영에게 그다지 필요치 않았다. 대부분이 알고 있는 것, 혹은 활용하지 못하는 것이었으니.

하지만 인류에겐 전혀 다른 의미일 것이었다. 적어도 육성의 서고가 개방된다면 전체적인 수준이 10년은 진보할 수 있으리라.

10년. 지금의 멈춰 있는 인류에게 10년은 정말 대단한 수치다.

그것을 알란에게 맡겼으니 이제 무영의 손을 떠나간 일이다.

무영이 진정으로 노리는 것은 따로 있었다.

'엘라르시고.'

고대의 병기, 엘라르시고!

감춰진 비밀이 너무나도 많은 병기다. 하여 무영은 반드시 그것들을 가져올 생각이었다.

그러기 위해선…….

'군림세가.'

무영의 눈이 군림세가가 있는 방향으로 향했다.

군림세가. 군자성 제일의 집단. 방대한 규모와 수많은 강자.

확실히 다른 곳에 비해 군림세가의 반항은 거셌다.

망령들이 쉽사리 전진하지 못하고 발이 묶여 있었다.

하지만 1급의 망령들이 향하며 조금씩 전황을 좋게 만들고 있었다.

1급의 망령들.

구미호, 청랑, 성성이!

무영이 부리는 망령들 중에서 1급이라 판정 난 종류는 크게 세 가지였다.

다섯 구미호는 말할 것도 없고, 두 마리의 청랑과 세 마리의 성성이는 압도적인 무력과 또 다른 기술들을 자랑했다.

캬르르르릉!

청랑. 말 그대로 청색의 거대한 늑대.

지나가는 곳마다 청색의 불꽃을 옮기며 마치 지옥을 지키는 수문장과 같아 보였다. 어찌나 빠른지 무영조차 인정할 수준이었다.

성성이는 생김새는 평범한 오랑우탄이나, 그 힘이 격을 달리했다.

저돌적으로 몸을 부딪치면 건물 몇 개가 파괴될 정도.

저 정도라면 능히 산을 엎어버릴 터였다.

무영은 멀리서 군림세가가 조금씩 함락되어 가는 장면을 가만히 지켜봤다.

이미 군자성의 죽지 않은 자는 모두 무릎을 꿇고 있었다.

일말의 자비를 청하며 망령들에게서 눈을 돌렸다.

남은 건 고작해야 군림세가 외 몇 개의 세가가 전부다.

하지만 이미 합치지 못하고 분열되었으니 미래가 뻔했다.

'음?'

그러던 와중, 무영은 어둠이 쏟아지는 장면을 목격했다.

군림세가 쪽에서 나타난 게 아니다. 그곳과 완전 반대편에 있는 곳에서 발현했다.

'각성.'

이 느낌은 익숙하다.

누군가가 각성했다는 것.

비록 지금의 어둠은 미약하지만 그 농도가 남다르다.

이만큼 고농축된 힘이라면 미래가 훤했다.

조금 관심이 일었다.

무영은 날개를 활짝 펼친 채 그곳으로 향하였다.

"……아아! 아아아아아!"

청년의 남자가 반쯤 붕괴된 사옥 사이에서 비명을 내지르는 중이었다. 기껏해야 18살쯤이나 되었을까.

그 앞엔 부모로 보이는 시체가 나뒹굴고 있었다.

그중 한 명은 무영도 익히 아는 자였다.

'검노 진율.'

검노 진율. 10강도 아니고 100강 수준에나 겨우 들어가는, 그래도 인류의 기준에선 꽤 강한 노인이었다.

하지만 나이를 먹고 은퇴하여 작은 사옥에서 살아가고 있었다.

그는 과거에도 굽히지 않는 성격으로 유명했는데, 그래서 누구도 쉽게 건드리질 못했다.

그 성격이 망령들 앞에서도 나온 모양이었다.

토막이 난 검과 주변에 흩뿌려진 피를 보아선 그의 격한 반항을 알 수 있었다. 수십의 망령도 먼지가 되어 바닥을 나뒹굴었다.

그리고 저 청년은 그런 검노의 자식이나 제자인 듯했다.

무영도 검노에 대해선 자세히 모르는지라 그 이상의 정보를 알 수는 없었지만 검노의 시체를 부둥켜안고 우는 걸 보면 심상치 않은 관계임은 확실했다.

그리고 그런 청년의 전신에서 '어둠'이 흘러나오고 있었다.

'잘못된 각성.'

각성의 시기에 잘못된 길로 빠지면 폭주하게 마련이었다.

만약 기운을 다스려 줄 사람이 없다면 그대로 자멸한다. 백이면 백 모두.

대신 폭주하기 전엔 힘이 넘친다.

"다, 다 죽여 버릴 거다! 아버지와 어머니의 원수들……!"

꽈드득!

이를 갈며 주변 망령들을 노려봤다.

백에 달하는 3급에서 4급의 망령들이 주변을 감싸고 있는 상황.

청년은 부서진 검노의 검을 들었다.

무영이 망령들에게 내린 명령은 무척이나 간결했다.

―패배를 선언하지 않은 자, 무릎을 꿇지 않은 자는 모두 죽여라!

청년은 그 어느 것도 인정하지 않았다.

망령들은 무영의 명령에 따라 청년을 죽이기 위해 움직였다.

수많은 촉수를 가진 망령과 둥둥 떠다니는 해골 형태의 망령들.

하지만 청년의 검에 맺힌 어두운 기운이 망령들의 공격을 모두 막았다.

청년은 마치 무언가에 쓰인 것처럼 신명나게 검을 휘둘렀다. 물아일체. 모든 걸 잊고 오로지 복수심 하나로 움직이고 있었다.

그러나 그럴수록 생명의 근원이 빠르게 고갈되어 가는 중이었다.

망령들을 모두 죽일 즈음엔 이미 전부 소진한 뒤일 것이다.

'그대로 내버려 두기엔 아깝다.'

무영은 청년의 가능성을 보았다.

저만한 재능이 왜 과거에선 꽃을 못 피웠는지 의아할 수준이었다. 적어도 청년의 얼굴을 무영은 본 적이 없었다.

하지만 잘못된 각성으로 저만한 어둠을 피워낼 정도라면 그 재능이 남다르다고 할 수 있었다. 적어도 어지간한 인류 10강보다 나았다.

당연히 죽기엔 아직 아깝다.

툭!

무영은 바닥으로 착지했다.

그 즉시 청년이 무영에게로 검을 돌렸다.

복수심에 눈이 멀었다고는 하나, 본능적으로 이 모든 일의 원인이 무영임을 알아본 듯싶었다.

검이 더욱 매서워졌다.

창! 차창!

하지만 무영과는 비교 자체가 창피할 수준이었다.

무영은 느긋하게 검을 막아섰다. 그리고 오히려 역공에 들어갔다.

푹!

비탄이 옆구리를 찌르고 다리의 근육을 관통했다.

그러자 강력한 저주가 청년의 몸으로 스며들었다.

비탄은 저주와 타락의 힘을 안고 있었다.

그리고 그 힘은 청년이 가진 어둠보다도 더욱 상위에 있었다.

무영은 저주와 타락의 힘으로 청년의 어둠을 모두 잡아먹고, 그 모든 걸 심장에 몰았다.

임시방편.

굳이 저 어둠을 제거하진 않았다.

오히려 어둠 자체가 앞으로는 청년의 힘이 될 수도 있기에.

심장이 터질 듯이 움직였지만 대신 청년은 조금 정신을 차렸다.

"아아아악!"

"약하군. 내적으로도, 외적으로도 너무나 약해."

"나…… 는, 나는 약하지 않아!"

"약하지 않았다면 어째서 그들을 지키지 못했지?"

"크아아아악!"

청년이 다시금 일어섰다.

무영을 향해 그저 막무가내로 검을 휘둘렀다.

뻐엉!

하지만 무영은 청년의 투정을 받아주지 않았다.

그대로 가슴팍을 차내자 청년이 바닥을 굴렀다.

"네가 약했기 때문에 그들을 지키지 못한 것이다."

"어머니…… 아버지…… 꺼허헉! 꺼어억!"

눈이 뒤집혔다.

피눈물이 흘렀다.

감정을 절제 못 해 생기는, 흔히 말하는 주화입마의 현상.

무영은 청년에게로 다가가 두 손을 정확히 심장 쪽을 향해 후벼 팠다.

이후 억지로 기운을 동조화시키며 말했다.

"너의 부모가 죽은 것도, 지금 네가 이 꼴을 당하는 것도 모두 스스로가 약해서다. 나를 상대하지 못해서 벌어진 일이다."

목표를 주입했다.

아무리 기운을 동조화시켜도 삶의 의지가 없다면 그대로 죽고 만다.

청년이 가까스로 고개를 들었다.

이어 무영이 있는 쪽을 쳐다봤다.

"진…… 자건. 주, 주긴……다."

청년의 이름은 진자건이었다.

자신의 이름을 밝히며 무영을 죽이겠다고 선언한 것이다.

무영도 자기소개를 했다.

"나는 무영이다. 또한 나는 지옥의 왕이니, 네가 다시금 나를 상대하려 한다면 지금보다 더욱 강해져야 할 것이다."

어둠, 그리고 타락과 저주의 힘이 고스란히 심장을 장악했다.

하지만 거룩한 불꽃을 약간 섞어 넣어 중화작용을 하도록 만들었다.

이제 남은 건 청년이 해야 할 일이다. 만약 각성에 성공하고 그대로 힘을 기른다면 어지간한 인류 10강조차 뛰어넘을 무력을 보유하게 될 것이었다.

그리고 진자건은 충분히 그 모든 걸 뛰어넘으리라 보았다.

저 복수심에 불타는 눈빛.

무영은 악역이었고 실로 어울리는 복수자라 할 수 있었다.

펄럭!

응급조치를 끝내고 무영은 다시금 날개를 펼쳤다.

그리고 군림세가를 향해 날아갔다.

진자건은 전신에서 피를 흘리는 와중에도 무영의 뒷모습을 계속해서 좇았다.

마왕의 공격이다.

어쩌면 마신이 움직인 것일지도 모른다.

하지만 하늘에 떠있는 일곱 기의 본 드래곤은 어쩐지 익숙한 것이었다.

어쩌면······.

의견은 분분했다. 하지만 서로 그 의견을 나눌 정도로 상황이 여의치는 않았다.

"끄아아악!"

"막아! 여기서 더 뚫려선 안 된다!"

군림세가의 마지막 별, 그 상징이 있는 곳을 향해 망령들은 끊임없이 움직였다.

수만의 망령이 한 번에 들이닥치자 군림세가도 즉각적인 반응을 하지 못했다.

그 결과가 이것이다.

조금만 더 가면 망령들이 가주에게 도달할 것이다.

하지만 망령들도 주춤할 수밖에 없었다.

군림세가의 호법, 군림청이 자신의 애도인 '향리검'을 들었기 때문이다.

그는 인류 10강 중 일인으로서 세가의 마지막 남은 자존심과도 같았다.

"와라! 같잖은 괴물 놈들!"

향리검이 빛을 발할 때마다 망령 하나의 목이 떨어졌다.

망령은 죽으면 시체를 남기지 않는다. 그대로 재가 되어 바닥에 약간의 흔적만을 남길 뿐이다.

그는 강했다. 어지간한 망령들은 그를 스치지도 못했다.

"아아! 호법께서 길을 뚫으신다!"

"따르라!"

남은 무인들이 군림청을 따라서 무기를 들었다.

군림청은 꾸준히 괴물들을 몰아내며 군림세가의 영역을 회복해 나가고 있었다.

"괴물들을 멸해라!"

"더 밀어붙여!!"

기세가 순식간에 올랐다.

뿔뿔이 흩어졌던 무인들이 합류하기 시작하자 그림이 달라졌다.

그들은 그제야 희망을 보았다.

이대로 괴물들을 몰아낼 수 있다는 희망을!

크르르르릉!

그때, 청랑이 출현했다.

거대한 청색의 늑대.

놈은 등장한 즉시 무인들을 물어 죽였다. 날카로운 이빨로 목을 뚫고 그 어떤 무기도 청랑의 가죽을 뚫을 수 없었다.

"노오오옴!"

군림청이 향리검을 휘둘렀다.

확실히 다른 무인들과 다르게 그의 검은 청랑의 가죽에 상처를 남겼다.

크릉!

청랑이 콧김을 뿜어냈다.

하지만 물러나지 않았다. 그대로 돌진하며 군림청과 정면 승부를 벌였다.

청랑이 조금씩 밀렸으나 결코 간단하지는 않았다.

캬아아악!

조금 작은 청랑 한 마리가 더 합류하며 전황이 완전 바뀌었기 때문이다.

"끄으으으윽! 이놈들!"

군림청의 어깨가 물어 뜯겼다.

군림청은 왼쪽 어깨를 잃었다.

그나마 목을 물리지 않아서 다행이었지만 이대로는 결과가 뻔한 상황.

"호법님을 돕자!"

"호법님을 지켜라!!"

기백의 무인이 나섰다.

그들은 정예. 힘을 합치면 청랑 두 마리 정도는 몰아낼 수 있으리라.

하지만.

털썩! 털썩!

하나둘 무릎을 꿇기 시작했다.

원인은 모른다. 갑자기 힘이 빠지며 눈이 몽롱해졌다. 그리고 멀리서 사락대는 소리와 함께 누군가가 걸어왔다.

다섯 명의 선녀와 같이 아름다운 여인들. 그녀들에게서 나오는 묘한 향기가 전신의 힘을 앗아간 것이다.

그리고 그 중심에 있는 여섯 장의 날개를 단 악마와 같은 남자!

군림청은 무영을 알아봤다.

'반야.'

분명히 사령세가의 돌아온 적자 반야가 그였다.

하지만 지금 상황을 보건대 놈은 반야가 아닌 것 같았다.

저 모습은 사람이 아니다.

이 모든 상황을 만든 장본인이자…….

"지옥…… 정말 그대는 지옥의 왕이라도 된다는 말인가?"

무영은 눈길조차 주지 않고 그대로 지나갔다.

무영이 노리는 곳은 가주실.

이곳의 가주를 볼모로 삼아 엘라르시고가 봉인된 장소를

알아낼 작정이었다.

크롸아앙!

무영이 지나가자 청랑들이 다시금 무인들을 학살하기 시작했다.

군림청은 아예 눈을 감았다.

현세에 지옥이 있다면 이곳이야말로 지옥이었다.

51장
진실, 혹은

군림세가의 가주는 노쇠한 노인이었다.

전신에 기력이 남아 있을까 싶을 정도로 주름이 졌고 전신에선 핏줄이 보일 정도로 피부가 얇아져 있었다.

군자성의 절대자치곤 초라하기 그지없는 모습.

오랜 시간 집권하며 자신의 욕심을 놓지 못한 자의 말로라고 할 수 있었다.

권력의 노예.

추하다.

그토록 권력이라는 게 좋은 것일지, 무영은 이해할 수가 없었다.

"이 소란을 일으킨 게 네놈이냐?"

노인이 말했다.

무영은 고개를 끄덕였다.

그리고 구미호들을 뒤로 물렸다.

구미호들은 공손히 고개를 숙이며 방 밖으로 물러났다.

스릉!

그 순간, 무영은 비탄을 뽑았다.

어차피 무언가를 물어봤자 노인은 답하지 않을 것이다.

무영도 공손히 물어볼 생각은 없었다.

군림세가의 대를 여기서 끝낸다.

권력의 괴물을 무영이 직접 잡아먹을 작정이었다.

엘라르시고에 대한 정보는 그 뒤에 얻어도 늦지 않다.

"우리 모두를 속이고 군자성에 소란을 일으켜서 네놈이 얻는 게 무엇이냐?"

"모든 것."

쯧쯧!

노인이 혀를 찼다.

슈아아아앙!

쿵! 쿠쿵!

그러자 방의 사방에 거대한 기둥이 생겨났다.

기둥의 식은 '봉인'을 뜻하고 있었다.

"너는 아무것도 얻을 수 없을 것이다. 이곳에서 죽을 것이야."

노인은 단언했다.

그러자 기둥 사이사이에서 그림자들이 튀어나왔다.

오로지 가주만을 지키는 군림세가의 수호자들. 십팔나한이라 불리는 18명의 전사다.

그들은 불가능이라 칭해지던 수많은 일을 해결한 해결사로서 가주는 그들을 친자들 이상으로 신뢰하고 있었다.

실력은 두말할 것 없는 일류.

열여덟 명 모두가 모이면 어느 적도 당해내지 못한다.

십팔나한이 무영의 주변을 순식간에 점거했다.

모든 방위, 기의 경로를 완벽하게 차단해 냈다.

"아이야, 혼자서 나를 상대하려는 건 큰 실수였다. 아니면 지금이라도 살려 달라고 빌어볼 테냐?"

노인은 느긋했다. 이런 일도 예상하고 있었다는 듯이.

구미호들을 내보내고 홀로 자만했던 게 큰 실수라고 말한다.

네 개의 기둥은 가주만 해제할 수 있었다. 그 전에는 누구도 바깥으로 나갈 수 없다.

고로, 그의 입장에서 무영은 구석에 몰린 쥐였다.

피식!

하지만 무영은 입가에 웃음이 감돌았다.

그러자 무영의 이마에서 커다란 뿔 하나가 돋아났다.

모든 세상이 느려지고, 노인이 막 눈을 감으려는 찰나.

십팔나한이 무기를 들고 반응하기도 전에.

무영이 움직였다. 가뜩이나 실력의 차이가 나는데 거기에 64배의 속도마저 얻었다. 여기 있는 모두가 무영의 눈에는 달팽이보다 느려 보였다.

촤악!

가장 먼저 오른쪽에 있는 나한의 심장을 쑤셨다.

칼을 뽑았지만 피는 뿜어지지 않았다. 비명도 지르지 못했다.

64배속의 세계에선 모든 게 느리게 진행된다.

바닥을 박차고 비탄을 돌려 차례대로 심장을 찔렀다.

십팔나한 모두의 심장을 비탄이 만졌을 때 무영은 그 중심부에 섰다.

비탄을 집어넣고 뿔이 사라지자 무영을 둥그렇게 감싼 십팔나한의 심장에서 동시에 피를 내뿜었다.

촤아아아악!

순식간에 무영의 전신이 피로 젖었다. 십팔나한이 동시에 바닥에 무릎을 꿇었다.

싸늘한 주검. 열여덟의 생명이 한꺼번에 꺼졌다.

노인이 눈을 깜빡이며 다시 눈꺼풀을 들어올리기도 전에 벌어진 일.

"……이게 무슨."

노인은 당황했다.

철옹성의 주인이자 패주였던 그가, 흔들렸다.

그도 그럴 게 그토록 믿었던 십팔나한이다.

하지만 무영의 전력 앞에선 부나방과 다를 바가 없었다.

무영을 상대하려면 엄청난 물량을 앞세우거나 진정한 강자 한 명이 더욱 낫다.

어중이떠중이 열여덟 명을 모으면 먹이만 될 뿐이다.

노인은 작금의 현실을 받아들이지 못했다. 당해도 이처럼 쉽게 당하리라곤 상상조차 못했을 테지.

하지만 그것은 노인의 혜안이 닫혀 버려서다.

그는 오만하다. 경계를 하지 않는다. 철옹성이라 불리는 군자성 내부에서 휘둘린 적이 없었기에 여태껏 상대한 적과 같은 수준으로 무영을 생각한 것이다.

그것이 가장 큰 실수였다.

만약 노인이 전성기 시절만큼의 혜안만을 가지고 있었더라도 이런 실수를 저지르진 않았을 것이다. 물론 그렇다 해도 결과는 바뀌지 않았을 테지만 말이다.

감히 단언하건대 무영은 최강이자 최악의 적이다.

무영은 군자성만이 아닌 모든 집단과 도시에 대한 것들을 속속들이 알고 있으며 냉정하고 또한 결단력이 있다.

가장 쉽고, 빠르게 그들의 심장을 후벼 팔 수 있는 존재가 무영이었다.

이제는 뒤를 받쳐 주는 군세마저 생겼으니 그중 가장 처음으로 타격을 받은 군자성이 운이 없다고 할 수도 있었다.

"대체 무슨 술수를 부린 것이냐? 십팔나한을…… 어떻게?"

"받아들여라."

무영은 이어서 말했다.

"너는 졌고, 내가 이겼음을."

스릉!

비탄이 울었고, 군자성의 패주가 졌다.

무영은 고개를 들었다.

엘라르시고를 봉인한 거대하기 짝이 없는 문.

'열리지 않는군.'

문고리를 잡아당겨 봤지만 역시나 그냥은 열리지 않았다.

거룩한 불꽃으로 태워보려 하였으나 티도 나지 않았다.

'정식적인 방법이 아니면 열 수 없다.'

무영은 턱을 쓸었다.

고개를 돌리자 그 옆엔 군림세가의 가주가 있었다.

무영은 그를 생시로 만들어 엘라르시고에 대한 모든 정보를 털어놓게 만들었다.

그리하여 봉인지까지 무사히 도착할 수 있었다.

하지만 그를 비롯한 군림세가도 오랜 시간 엘라르시고의 문을 열지 못했다.

이제부턴 무영이 해야 한다.

그러나 무영은 과거 악마들의 행동으로 말미암아 이 봉인을 풀 수 있는 방법을 알았다.

'루키페르.'

무영은 잠들어 있던 루키페르를 깨웠다. 봉인된 문과 건너편에 있는 것을 어렴풋이 느끼곤 놈이 말했다.

─위험천만한 기운이 느껴진다. 이런 것을 깨울 작정이더냐?

'흥미가 생기지 않나?'

─강력한 악마가 직접 봉인을 채워 놓았다. 악마라기 보단 마신에 가깝겠군.

웬일로 루키페르가 말이 많다.

봉인구에, 엘라르시고에 흥미를 가졌다는 뜻.

하지만 마신이 직접 봉인했다는 말은 금시초문이었다.

무영은 그냥 고대의 누군가가 봉인했다는 정도로만 이해하고 있었다.

'어떤 마신이지?'

─레메게톤의 마신들은 아니다. 흠…… 모르겠군. 익숙하면서도 이질적이야.

72좌의 마신들은 아니란다.

하지만 단탈리안은 이곳을 안다는 듯이 말했다. 정확히는 무영이 아닌 서은세에게 한 말이지만, 엘라르시고가 지구를 멸망시켰다고 하지 않았던가.

무영은 그 진실 또한 확인할 셈이었다.

'봉인의 해제를 위해 협력해라.'

어쨌건 결론은 문을 열어야 무엇이든 확인할 수 있다는 것.

무영은 루키페르에게 조력을 말했다.

루키페르는 잠시 고민하다가 무영의 뇌리를 울렸다.

─말투는 마음에 안 든다만 나도 꽤 궁금하군. 내가 모르는 마신의 힘이 존재하다니.

루키페르는 본래 천족이었다. 그것도 가장 높은 자리에 있던 자였다. 그렇기에 그 반대편에 있는 자도 모두 알고 있었을 터.

루키페르가 모른다면 문 건너편의 힘은 정말로 이질적인 것일 수가 있었다.

곧 무영의 양손에 거대한 어둠이 몰려들었다.

격이 다른 힘.

루키페르의 신격이 머물렀다.

무영은 그 상태로 문고리를 잡았다.

그리고 있는 힘껏 끌어당기기 시작했다.

끼이이이이이익!

쿵!

그냥은 안 열리던 문이 루키페르의 힘을 이어받자 손쉽게 열렸다.

무영은 거대한 문을 열고 성큼성큼 발을 옮겼다.

안으로 들어가자 끝을 알 수 없는 거대한 방이 보였다.

그리고 거미의 형태를 한 무기들이 끝없이 늘어서 있었다.

'고대의 무기, 엘라르시고.'

바로 저것들이다.

저 거미들이 바로 고대의 무기 엘라르시고다.

하지만 엘라르시고는 모두 꿈쩍하지 않았다.

기동 정지 상태.

그런데 왜인지 무영은 그 기동법을 알 것만 같았다.

문을 열고 들어온 순간 무언가가 머릿속에 새겨진 것이다.

'여섯 개의 기동식이 있다.'

사용자 인식을 시켜야 기동되는 게 엘라르시고다.

무영은 발을 옮겨 구석구석에 있는 구슬에 일일이 손을 올렸다.

구슬에 손을 올리면 환한 빛과 함께 방 전체에 선이 그려졌다.

그렇게 총합 6개. 육망성이 그려지자 방이 환한 빛으로 물들었다. 또한 방의 중심부에 수십, 수백 가지의 각기 다른 단어들이 떠올랐다.

말 그대로 모든 세계의 언어였다. 지구와 마계의 생물들이 따로 사용하는 언어, 무영도 모르는 그런 언어들.

그중 무영은 자신이 읽을 수 있는 언어를 읽어 보았다.

〈'종족 파멸 무기 엘라르시고'가 발동합니다.〉

〈파멸시키려는 종족 값을 설정해 주세요.〉

〈인증된 사용자는 지나온 종족 값을 확인할 수 있습니다.〉

종족 파멸 무기?

무영은 침음을 삼켰다.

종족 값이 무엇을 뜻하는지 이해가 가지 않았다.

하여 무영은 지나온 종족 값을 확인하고자 구슬 위에 다시금 손을 얹었다.

이윽고, 세계가 변했다.

모든 배경이 뒤바뀌었다.

수십, 수백 개의 배경이 하나씩 떠올랐다.

배경은 모두 달랐지만 공통점은 있었다.

'전쟁터.'

엘라르시고가 종족들을 파멸시키는 모습이었다.

저 언어는, 파멸된 종족들의 언어였던 것이다.

그리고 그중엔 지구도 있었다.

무영은 지구의 배경을 선택했다. 그러자 그 배경이 확대되며 전장의 모습을 적나라하게 보여주었다.

쾅! 쾅! 콰르릉!

폭탄이 터진다. 핵이 떨어진다.

지도가 바뀌고 수십만의 인류가 떼죽음을 당한다.

하지만 현대의 어떠한 무기도 엘라르시고에겐 통하지 않았다. 엘라르시고의 장막은 현대의 무기를 완전하게 무력화시켰다.

엘라르시고는 무참하게 지구를 파괴하며 인류를 학살했다.

비현실적이지만, 저 생생함은 거짓이라 할 수가 없었다.

'단탈리안의 말이 사실이었던가?'

엘라르시고가 지구를 파괴했다던 그 말.

믿을 수가 없었다. 믿지도 않았다. 놈은 거짓말의 화신. 이 역시 농간이고 거짓이라 보았던 것이다.

그도 그럴 게 지금도 한 달을 주기로 계속해서 새로운 인류가 마계에 소환된다.

지구가 진정으로 멸망했다면, 그러면 그들은 무어란 말인가?

무영은 집중했다.

인류는 빠르게 줄어들었다.

세계가 통일되고 인류가 힘을 합쳤지만 마찬가지였다.

그렇게 전장을 살피던 와중 무영은 엘라르시고를 뒤에서 조종하는 자를 발견할 수 있었다.

색이 다 바랜 흰색의 장발과 기다란 턱수염을 지닌 남자.

책 한 권을 든 채로, 공허하기 짝이 없는 눈동자로 세상을 바라보는 중이었다.

'누구지?'

처음 보는 자였다.

정체를 알 수가 없었다.

하지만 기묘하기 짝이 없는 기분이었다.

−허, 믿을 수가 없군.

남자를 본 루키페르가 반응했다.

'누구인지 알고 있나?'

무영은 묻지 않을 수가 없었다.

루키페르의 떨림이 무영에게도 느껴졌던 탓이다.

놈은 격하게 놀라고 있었다. 아마도 상대를 알기에 이런 반응을 보이는 것일 터.

웬만한 일에는 반응조차 하지 않는 루키페르다.

그런 루키페르가 이만한 반응을 보일 정도라면 상대도 만만치 않다는 증거이리라.

이윽고 루키페르가 흰 장발의 노인을 바라보며 짧게 말했다.

−솔로몬.

전혀 예상하지 못한 이름이 튀어나왔다.

무영은 잠시 잘못 들은 것인가 했지만, 그럴 리가 없다는 걸 스스로도 잘 알고 있었다.

하지만…… 이상한 일이었다.

솔로몬은 본래 72좌의 마신들을 봉인하고 인류를 위해 여러 시스템을 준비한 인물이 아니었던가.

요정들, 곳곳의 법보들, 이면의 주인과 멀린까지.

솔로몬의 손이 닿지 않은 곳은 없었다.

솔로몬으로 말미암아 인류는 버틸 수 있는 힘을 손에 넣었다.

한데, 지금 무영의 눈앞에 펼쳐지는 저 광경은 무어란 말인가!

이상한 일은 또 있었다.

'저만한 파괴라면 인류가 어떻게 마계로 넘어올 수 있었던 거지? 그것도 전쟁의 기억을 갖지 않은 채로?'

—솔로몬은 지혜의 왕이다. 하지만 그가 내는 답은 간혹 잔혹하기도 하다.

루키페르는 그 말을 끝으로 답하지 않았다.

놈은 아무래도 더 많은 걸 알고 있는 듯싶었다. 하지만 그걸 굳이 밖으로 내려고 하지는 않았다. 마치 불문율처럼 꺼려하는 기색이 역력했다.

이윽고 영상에서 솔로몬으로 추정되는 남자가 책을 펼쳤다.

책은 레메게톤. 지금은 바알이 가지고 있을 것이라고 추정되는 그것을 영상 속에선 솔로몬이 가지고 있었다.

레메게톤을 펼치고 주문을 외웠다.

알스 포울리나.

시간의 천사들을 소환하는 마법.

마신들이 애타게 찾는 알스 노바와는 조금 다르다.

레메게톤에 잠든 시간의 천사는 마신들이 나타나며 모두 죽인 걸로 알고 있었다.

그렇다면 저 시기는 마신들이 소환되기 전의 시기라는

걸까?

잠시 후 허공에 거대한 천사의 형상이 떠올랐다.

「시간을 멈추어라.」

솔로몬이 말했다. 그러자 거짓처럼 세상이 정지했다.

그리고 솔로몬은 파괴된 지역에 다른 세계를 덧씌웠다.

마계.

놀랍게도, 남은 장소는 마계의 일부가 되었다.

마계로 통하는 문이 된 것이다.

남은 지구는 조금씩 오염되기 시작했다.

그리고 정지한 시간 속에서 사람들은 하나둘 마계로 빨려 들어갔다.

영상은 거기까지였다.

직후 종료되며 다른 문구들이 떠올랐다.

〈인간의 종족값은 '1'입니다.〉

〈'1'로 종족값을 설정하시겠습니까?〉

종족 파괴 무기.

설정한 종족값의 종족을 파멸시키는 강력한 도구.

무영은 극심한 혼란과 함께 고민할 수밖에 없었다.

'멀린이라면 더 자세한 것들을 알고 있을 것이다.'

솔로몬과 멀린은 협업 관계다. 그라면 더 많은 것을 알고 있을 게 분명했다.

하지만 한번 나온 푸른 사원을 다시 들어갈 수 있는 방법은 없다.

있다면 푸른 사원을 지키는 '벽'을 깨뜨려야 하는데, 그러기 위해선 레메게톤의 초월 마법인 '알스 노바'를 익혀야만 했다.

어쩌면 푸른 사원은 지구와 연결된 또 다른 출입구일지도 모른다.

무영은 고개를 내저었다.

만약 이 모든 일의 배경에 솔로몬이 있다면.

'그 또한 배제하면 그만이다.'

애당초 솔로몬이 갖고 있던 모든 힘은 전부 나뉘었다.

레메게톤부터 엘라르시고까지.

만약 그가 적으로서 등장하겠다면 무영은 응당 그마저 없애 버릴 마음을 먹었다.

무영은 표정을 굳힌 채 말했다.

"1로 종족값을 설정하겠다."

〈사용자가 '1'로 종족값을 설정합니다.〉

〈엘라르시고가 기동합니다. 목표: 인간〉

엘라르시고의 정확한 숫자는 32,642기.

그 하나하나가 상급 중에서도 상급에 달하는 무력을 가지고 있었다.

한 번에 풀었다간 몇 개의 도시 정도는 순식간에 잡아먹힐 정도.

하지만 무영이 바라는 건 그들에게 '경각심'을 심어주며 절대적인 적으로서 자신이 남는 것이었다.

지금의 마계는 결코 안전하지 않다는 걸 알려줄 셈이다.

그들이 안식하고 멈추는 순간, 인류는 정말로 끝장날 것이었기에.

"가라."

무영은 선발대로 1천 기의 엘라르시고를 준비했다.

종족값으로 인간을 설정해 두었으니 인간을 발견하는 족족 공격할 터.

그중 절반을 대도시로 보냈다. 300기는 뮬라란으로, 그리고 200기는 중형의 도시들을 공략하도록 설정을 해두었다.

'엘라르시고는 오로지 순수한 힘만이 통한다.'

순수하지 못한 힘은 엘라르시고의 방어벽을 뚫을 수 없었다.

인류가 그것을 깨닫는다면 편법이 아닌 순수한 힘을 깨우고 키우고자 더욱 노력할 것이었다.

그리고 그러한 '순수'는 악마들에게도 치명적이었다.

군자성의 정복은 끝났다.

얻고자 했던 모든 것을 얻었으니 더는 여기서 볼 일이 없었다.

무영은 나머지 병력…… 대략 4만의 망령과 3만의 엘라르 시고를 대동한 채 이동을 시작했다.

천천히.

하지만 그 위압감은 살벌하기 그지없었다.

대도시는 여전히 활성화되어 있었다.

한 달을 주기로 들어오는 '초보자'들과 이미 자리 잡고 있는 기성들, 그리고 그 중심에 위치한 수많은 사람이 어울려서 나름의 균형을 유지하는 중이었다.

"아이고, 오셨습니까. 기다렸습니다, 권왕 님!"

"으음."

"저를 따라오십시오. 호란 님이 기다리십니다."

머리가 깨끗한 근육질의 거구.

권왕이라 불린 남자가 호화롭기 짝이 없는 12층짜리 건물 안으로 들어갔다.

건물 안은 향냄새가 자욱했다. 이성을 잃어버릴 것만 같은 향취에 권왕은 인상을 찌푸렸다.

하늘하늘한 옷을 입은 여인들이 가녀린 팔뚝과 손목으로

권왕을 유혹했다.

아름답지 않은 여인이 없었고 각자의 개성 또한 뚜렷했다.

여인을 팔고, 여인의 재주를 파는 이곳은 대도시 최고의 향락소였다.

하지만 규율 또한 엄하여 아무나 들어올 수 없었다.

적어도 아홉 길드나 오대세가 규모의 자제들 수준이 아니라면 들어오는 것조차 불가했다.

하지만 권왕은 예외였다. 그는 비어버린 인류 10강의 공석에 들어가 현재 10강으로 추앙받고 있으니 이름값 자체가 달랐다.

"여기입니다."

12층까지 싱글벙글 웃으며 권왕을 안내한 남자가 살짝 아쉽다는 표정을 지었다.

경비를 서는 그도 꽤나 실력자였지만 마음대로 이 안에 들어올 순 없기 때문이다. 어쩌다가 한 번씩 들어오고 나가야만 하니 아쉬운 것도 이해는 되었다.

하지만 권왕의 표정은 펴질 줄을 몰랐다.

오히려 잔뜩 굳은 채 살기를 흩뿌렸다.

때문에 안내하던 남자도 웃음을 지울 수밖에 없었다.

"커, 커흠. 호란 님, 권왕 님께서 내방하셨습니다."

"들어오시라 해라."

쿵!

남자 안내인이 문을 열 틈도 없었다.

권왕은 박력 있게 문을 박차고 들어갔다.

그러자 반대편에 앉아 있는, 장미꽃이 다수 그려진 드레스를 입은 30대의 아름다운 여인이 눈에 들어왔다.

그녀가 바로 이곳을 다스리는 지주인 호란이었다.

동양과 서양의 미를 접합시킨 이곳을 처음부터 꾸리고 만들어 온 여장부.

이 근방에서 그녀를 모르는 사람은 없었다.

또한 그녀의 숨겨진 신분은 무려 천녀세가의 가주되는 몸이었다.

오대세가 안에는 들어가지 못했지만 그 저력만큼은 못지않다고 칭해지는 곳이 천녀세가였다.

"권왕께서 이곳은 어쩐 일이신지?"

"이년, 시치미 떼지 마라. 내 제자를 찾으러 왔다는 걸 너도 알 것 아니냐? 내 특별히 언제 오겠다고 시기마저 알려주고 찾아왔거늘. 그런데 뭐라. 어쩐 일이신지?"

"화화(火花)라면……."

권왕이 말을 끊었다.

"그 같잖은 예명 따윈 집어치워라. 천녀세가에 내 제자를 맡긴 건 그 특유의 섬세한 움직임을 배우게 하기 위해서였다. 기녀가 되게 하려고 들인 게 아니다."

"아직 저희의 것을 전부 배우려면 멀었답니다. 그리고 이곳에서의 수업 또한 필수인 것을요.”

“아니, 이미 다 배웠을 거다.”

권왕은 확신하며 말했다.

그러자 여인, 호란이 눈썹을 구겼다.

“화화의 재능이 놀라울 정도로 뛰어난 것은 맞습니다만, 너무 저희 천녀세가를 무시하는 건 아니신지요?”

“무시가 아니다. 내 제자의 재능이 그만큼 하늘에 닿았다는 뜻이지.”

호란은 더 이상 말을 잇지 못했다.

권왕의 말이 사실이었기 때문이다.

고작 1년 사이에 모든 것을 빨아들인 절세의 기재.

그 재능을 숨기느라 호란도 온갖 애를 먹었다. 아니었다면 진즉 다른 거인들에게 빼앗겼을 것이다.

“하여간 나는 제자를 데려가겠다. 어디 있느냐?”

“지금 시간이면 술을…….”

“설마 사내에게 술을 따르는 건 아니겠지.”

권왕의 눈초리가 무서워졌다. 잘못 말했다간 이곳을 전부 부숴 버리겠다는 의지가 느껴졌다.

하지만 호란은 고개를 저었다.

그리고 이어서 말했다.

“술을 마시고 있을 것이옵니다.”

술을 재워둔 창고 안에 이제 십 대 중반 정도로 보이는 소녀가 앉아 있었다.

몇 가지 밑반찬과 함께 술잔을 홀짝이며 소녀가 내용물을 전부 비우곤 입을 열었다.

"아, 마시따. 꺼흑!"

인사불성도 이런 인사불성이 없었다.

이후 한숨을 푹 내쉬었다.

"인생은 술처럼 쓰다더니 이건 너무 달아요. 그마안큼 내 인생이 힘들단 뜨시겠찌?"

혀가 잔뜩 꼬였다.

이미 그 옆엔 술병이 몇 개나 나뒹굴고 있었다.

그러곤 아이들이 그린 것 같은 그림을 앞에 놔두곤 말했다.

"아빠……."

수지는 자신의 친부가 돌이킬 수 없는 강을 건넜다는 걸 알고 있었다.

권왕이 전해 준 소식이긴 하지만, 가족만이 느낄 수 있는 '감' 또한 그렇게 말하고 있었던 것이다.

정보에 정보를 물어, 어스름의 마을에도 찾아가 봤다.

거기서 소녀, 배수지는 자신의 친부와 똑같은 모양의 '껍데기'를 발견했다.

친부는 괴물과 동화되어 마을을 습격했다고 한다.

그리고 한 남자가 그 괴물을 물리쳤다고 했다.

아마도 친부는 그때 죽었을 것이다. 배수지는 그 껍데기라도 양해를 구하고 얻어서 화장을 시켰다.

　"아빠, 나는 열시미 살고 잇서요. 태환이 오빠도 보고 시픈데 볼 용기가 안 나요. 태환이 오빠는 잘나가는데 내가 괘니 짐이 될까 바요."

　배수지는 어깨를 축 늘어뜨렸다.

　"무영 아저씨도 보고 시퍼요. 하지만 아저씨도 아빠랑 같은 곳으로 가버려써요. 나는 혼자서 열시미 살고 있어요."

　끼이익!

　그때 창고문이 열렸다.

　배수지가 고개를 돌리자 익숙한 민머리의 남자가 모습을 드러냈다.

　"어, 스승님."

　"기술을 가르치랬더니 술을 가르친 모양이구나."

　"술은 인생의 친구예요."

　"누가 뭐래더냐? 그래도 아직 술은 이르다."

　술잔을 억지로 빼앗자 배수지가 시무룩한 표정을 지어 보였다.

　"다 컸는데."

　"고대의 유적에서 네가 2년을 더 보낸 건 알고 있다. 하지만 그래도 십 대 중반이 아니냐."

　고대의 유적지를 탐사하다가 배수지는 한 차례 그곳에 갇힌 적이 있었다.

그곳은 시간이 멈춰 버린 방이었다. 배수지는 거기서 2년을 더 보냈다.

거기서 나온 뒤 권왕을 대하는 배수지의 태도도 조금은 바뀌었다. 적어도 스승 취급은 해주고 있었다.

배수지가 술기운을 지웠다. 그러자 붉은 얼굴이 순식간에 원래대로 돌아왔다. 꼬였던 혀도 정상복구가 되었다.

"실력은 이미 스승님이랑 비슷할걸요?"

"오만하구나. 네가 나를 넘으려면 멀었어."

"그럼 대련 한 판 해보실래요?"

"일단 여기서······."

쿠우웅!

그때였다.

거대한 폭발음이 들렸다.

바깥이 소란스러워졌고, 둘은 귀를 기울였다.

"뭐야? 무슨 일이야?"

"성벽이 무너졌대!"

"성벽이? 뭐가 쳐들어오기라도 한 거야?"

"몰라! 웬 거대한 거미 같은 것들이······."

쿵! 콰아앙!

소란은 끊이질 않았다.

거대한 접전임이 분명했다.

수지가 고개를 들었다.

"대련 대신 저걸로 할까요?"

"으음."

권왕이 고개를 끄덕이곤 다시 창고를 나섰다.

배수지가 슬쩍 술병 하나를 숨긴 채 그 뒤를 따라갔다.

키이익— 키이익—

소름끼치는 쇠 긁히는 소리와 함께 거미가 실을 뱉었다.

치이이익!

실에 닿는 모든 게 녹았고 거미의 주둥이에선 모든 걸 파괴시키는 강력한 광선이 발포되었다.

"저런 괴물들이 어디서 튀어나온 거야?"

"수비대는? 수비대는 어디 갔나!"

사람들은 혼란할 수밖에 없었다. 대도시에 닿기 전 일찍이 수비대에 막히거나 적의 공격이 있음을 그들이 알려야 하는데, 그러한 징후가 하나도 없었기 때문이다.

돌연히 나타난 괴물 거미들은 성벽을 부수고 올라타며 사람들을 습격했다.

그 숫자가 족히 수백. 추정키로 500은 되어 보였다.

"제기랄!"

"도망쳐!"

대도시에 거주 중인 사람만 백만을 넘긴다. 그들 중 절반 이상이 상시 전투를 벌일 수 있는 사람들이다.

하나 괴물 거미에겐 그들의 공격도 통하지 않았다.

속수무책.

그러나 대도시엔 기라성 같은 길드도 많았다.

일전 천마의 출현으로 많은 피해를 보았다지만 금세 회복하며 전보다 더욱 방비를 두텁게 쌓은 게 대도시였다.

얼마 지나지 않아서 같은 재킷을 입은 사람들이 대거 출현했다.

"원거리 공격대는 앞으로!"

"앞으로!"

가장 발 빠르게 나선 건 휘광 길드다.

푸른색의 재킷과 빛이 퍼지는 문양을 달고서 나타난 그들은 빠르게 상황을 살피곤 대처하기 시작했다.

300명으로 이루어진 원거리 공격대가 세 줄로 나란히 서며 공격의 준비를 하고 있는 것이다.

"바하무드! 휘광 길드가 왔어!"

"샛별 김태환도 왔다고!"

미처 도망치지 못한 사람들은 환호했다. 휘광 길드는 천마의 시련 이후에 가장 가파르게 성장한 길드 중 하나.

휘광 길드의 길드마스터 바하무드는 거대한 대검을 어깨에 걸친 상태에서 대검을 앞으로 내밀며 외쳤다.

"다 깨부숴라, 휘광의 늑대들이여!"

근접용 무기를 든 길드원 500명이 발 빠르게 움직였다.

호흡도 척척 잘 맞았다. 무기를 든 전사가 괴물 거미의 시선을 끌면서 동시에 원거리 타격이 물 흐르듯 이어졌다.

마치 한 몸처럼.

숨을 쉬는 것처럼 자연스럽다.

얼마나 고단한 훈련을 받았는지 알 수 있는 대목이었다.

지난 2년. 천마의 시련이 있고나서 대도시는 도태된 자와 나아가는 자로 극명하게 나뉘었다.

그리고 그 결과 역시 마찬가지였다.

"사, 살려주세요……!"

한 여자가 바닥에 넘어지며 비명을 내질렀다. 괴물 거미는 남녀노소를 따지지 않았다. 닥치는 대로 사람들을 죽였던 것이다.

그중 거미 한 마리가 쓰러진 여자를 발견하곤 다가왔다.

8개의 다리로 사람을 장난감 마냥 분해하는 모습을 보았기에 더욱 끔찍할 수밖에 없었다.

거미가 막 여자의 몸을 헤집으려는 순간, 한 남자가 나타났다.

쾅!

소리와 함께 거미와 부딪힌 남자.

거대한 은색의 방패에 도리어 보다 커다란 거미가 튕겨져 나갔다.

"괜찮으십니까?"

"가, 감사⋯⋯."

"어서 피하십시오. 저희 늑대들을 믿고, 어서!"

여자가 접질린 다리를 억지로 붙잡고 일어났다.

그러자 그 주변으로 청색의 늑대들이 쇄도했다.

"김태환 대장님. 이놈들 스킬 이뮨(Skill immune) 같은데요?"

김태환이라 불린 남자가 거대한 방패를 앞세우며 다시금 일어나는 거미를 바라봤다.

그 뒤로 100명의 대원이 대열을 맞춰 발 빠르게 섰다.

'스킬 이뮨.'

남자, 김태환은 거미의 움직임을 살폈다.

적어도 방패의 힘이 통하는 건 확인했다. 하지만 다른 사람들의 공격은 전혀 통하질 않았다. 도리어 흡수하며 회복하는 것만 같은 낌새다.

'내 힘만이 통하는 이유.'

김태환의 머리가 빠르게 돌아갔다.

자신이 다루는 힘.

척결.

부정한 힘을 부정한다.

당연히 그 힘은 극히 순수하다.

김태환의 눈이 전장을 살폈다.

아예 통하지 않는 건 아니었다.

자연 계통의 스킬들. 미미하지만 분명 거미에게 타격을 주고 있었다.

"모두 마법 무기를 버려라!"

"그게 무슨 말씀입니까?"

무기를 버리라니?

조원들은 어리둥절할 수밖에 없었다.

김태환은 목에 핏줄을 세웠다.

"놈들에겐 이질적인 힘이 통하지 않는다!"

김태환은 빠르게 거미의 약점을 파악했다.

2년간 누구보다 열심히 한 사람을 꼽으라면 김태환은 반드시 들어갈 것이었다.

하지만 김태환은 아직도 배가 고팠다.

그가 바라는 이상은 너무나도 높았기에. 김태환의 뇌리에 아직도 박혀 있는 남자를 따라잡으려면 쉴 시간 따위 없었던 것이다.

조원들은 각종 마법이 깃든 무기를 교체했다.

그리고 그냥 쇠로 이루어진 철검과 창, 폴암 따위를 들었다.

키이이익─!

쓰러졌던 거미가 분개하듯 움직이며 김태환을 덮쳤다.

하지만, 뚫리지 않는다. 김태환은 떠오르는 샛별이자 '방패의 수호자'로도 명성이 높았다. 아무리 능력의 차이가 난들 김태환이 방패를 들고 막아서면 절대로 뚫리는 일이 없다고 하여서 붙여진 이명이었다.

쾅!

찰나의 순간, 거미가 튕겨져 나갔다.

'누구지?'

김태환이 이맛살을 구겼다.

같은 조에 소속된 늑대들은 아니었다. 돌연히 나타난 두 명이 맨손으로 거미들을 날려 버리고 있었다.

각시탈을 쓴 여자와 거구의 남자!

그들은 마치 괴물 거미의 천적과도 같아보였다. 강렬한 풍압과 함께 거미들의 신체를 짓이기는 것이다.

그러던 와중 각시탈을 쓴 여인이 김태환을 바라봤다.

김태환도 여인을 바라보자 여인은 꾸벅! 고개를 숙이더니 그대로 바닥을 박차며 날아올랐다.

"누구야?"

"탈을 쓴 고수?"

대원들이 고개를 갸우뚱거렸다.

탈을 쓴 두 명의 고수에 대한 정보는 없었다.

김태환은 잠시 여인의 눈빛을 떠올리다가 정신을 차렸다.

"멍 때리고 있지 마라!"

키이이이이익!

거미는 아직도 많았다.

배수지가 입술을 깨물었다.

'태환이 오빠…….'

오랜만에 본 얼굴이다. 배수지가 체감키엔 적어도 5, 6년은 지났다.

그러나 김태환은 기억과 같았다. 조금 더 근육이 붙고 표정이 굳었을 뿐, 기억 속 그대로의 김태환이었다.

100명에 달하는 대원을 이끌며 자리를 잡은 것이다.

그래서 탈을 썼다.

괜히 부담을 주기 싫어서.

권왕에게도 억지로 씌웠다. 권왕은 대도시에 적이 많았다.

"여덟! 제자야, 이 대결은 내 승리인 것 같구나!"

권왕이 거미의 다리를 분해하며 껄껄거렸다.

배수지는 꼬불쳐 온 술병을 들었다. 도자기로 빚어진 술병을 그대로 입에 부으며 미소를 지었다.

"그럼, 제대로 가 볼까요?"

파아아악!

공기가 터졌다.

배수지 주변의 공기들이 빠르게 팽창했다. 이어, 배수지가 바닥에 발을 내딛자 지상이 움푹 파였다.

쿠우우웅!

만근추의 묘리를 살린 기술.

그 순간 배수지의 신형이 사라졌다.

다시 나타난 건 거미의 위다.

어느새 꺼내 든 검 한 자루를 휘두르자 거미의 신체가 벌집이 됐다. 그러곤 마치 화폭처럼 구멍들이 벚꽃을 만들었다.

천녀검법!

만근의 무게와 정순한 기운, 그리고 천녀검법이 합쳐지자 괴물 거미도 버텨내지 못했다.

"흐음, 이상한 걸 섞었구나."

그 모습을 바라보던 권왕이 혀를 찼다.

만근추의 묘리를 섞어서 신비문의 신법을 새로 밝혔다. 기운의 조화도 잘 잡아서 권왕조차 그 속도를 따라가지 못할 정도다.

적어도 속도에 있어선 인류 10강들을 뛰어넘는다.

배수지는 물 만난 물고기였다.

8:0으로 시작한 승부가 빠르게 따라잡히고 있었다.

"나도 더는 놀고 있으면 안 되겠군."

권왕이 미소를 지었다.

잘난 제자 한 명 열 제자 안 부럽다는 말이 이제야 이해가 됐다.

하지만, 스승으로서 대결에서 패할 수도 없는 노릇.

권왕도 전력을 냈다.

그러는 사이 다른 길드들이 한 박자 느린 속도로 정비를 마친 채 등장하기 시작했다.

괴물 거미들의 공격도 점점 소강상태에 접어드는 듯했다.

키이이익!

키에에에엑!

더욱 많은 거미가 벽을 넘기 전까진 말이다.

"대, 대체 몇 마리야?"

"벽이 무너진다!"

"아아……."

오백의 거미를 거의 다 처리해 갈 때쯤 이제 시작이라는 듯 더욱 많은 거미가 벽을 넘었다.

아니, 아예 성벽을 허물어버렸다.

환하게 드러난 벽 바깥의 풍경들을 본 사람들은 경악할 수밖에 없었다.

거대한 괴물 거미들이, 끝없는 절망을 몰고 다가오는 중이었기 때문이다.

무영은 감탄했다.

감탄하지 않을 수가 없었다.

2년 전의 기억을 토대로 500이면 충분할 줄 알았건만.

대도시의 저항은 거셌다. 빠르게 대처법을 알아내곤 거미들을 쓰러뜨렸다.

'천마의 시련이 있고나서 대도시는 변했다.'

이것이 진정한 시련의 힘이다.

이것이 인류가 가진 희망이었다.

멈춰 서지 않는 것. 단지 그것만으로도 2년 만에 과거보다 더한 힘을 손에 넣었다.

그들은 힘을 합쳤으며 전과 달리 분열되지 않았다. 하나의 공통된 적을 두고 싸울 줄 알았다.

하지만 시련은 주기적으로 주어져야 하는 것이다. 도태되지 않기 위해선 끊임없는 동원력이 필요했다.

'왜 과거에는 하지 못했던가.'

과거, 무영이 돌아오기 전.

인류는 약했다. 어쩌면 이렇게 약할 수가 있지 싶을 정도로.

살수림이 있었고, 진득한 기득권이 있었다.

하지만 대도시는 천마의 시련이 있은 뒤 모든 게 물갈이가 되었다. 기존 기득권층 대부분이 죽거나 중태에 빠진 것이다.

그들의 여백은 청년에겐 기회로 다가왔다.

약자의 희망이 되었다.

과거와는 다를 수밖에 없는 이유다.

'이제는 할 수 있다……. 변할 수 있다.'

예상하지 못했다.

설마 2년 만에 이만큼이나 바뀌었으리라곤.

무영은 작게 전율하였다.

바뀌었다. 가능성조차 아니다. 결과적인 이야기다.

'나는 모든 것의 적이 되리라.'

결과를 확인했으니 무영은 주저 없이 악역을 맡을 수 있었다.

무영이 손짓하자 수천의 엘라르시고가 추가로 움직였다.

싸우자. 끊임없이 투쟁하는 것만이 생존으로 이어지는 유일한 길일지니!

"누군가가 빠르게 다가오고 있습니다."

"배제하겠습니다."

그때 무영의 옆을 보좌하던 다섯 구미호가 움직였다.

무영 역시 다가오는 기척을 느끼고 있었다.

적어도 경신법에 있어선 일류다. 괴물들을 돌파하며 빠르게 무영이 있는 방향을 향해 달려오고 있었다.

아마도, 엘라르시고를 움직이는 게 누구인지 파악한 것이겠지.

구미호들이 꼬리를 살랑대며 일순 모습을 감췄다.

땅을 접어 달리는 방법, 축지법이다.

무영은 신경을 접었다.

지금은 온전히 대도시 쪽을 바라보고 싶었다.

굳이 대도시 가까운 곳에 자리를 잡은 이유였다.

구미호 중 한 명이 남긴 여우 구슬을 통해, 무영은 실시간으로 대도시의 상황을 살피고 있었던 것이다.

'과거는 변했다. 우리는 변했다.

무영이 모든 과거를 떨쳐 냈던 것처럼.

저들은 겪지 않았으나 과거와는 분명히 다른 모습으로 완성될 것이었다.

크르르릉!

그때 두 마리의 청랑이 이빨을 드러냈다.

구미호들이 막지 못한 모양이었다.

지척에서 느껴지는 이질적인 기척.

고개를 돌리자 탈을 쓴 여인이 조금씩 다가오는 중이었다.

"죽여라."

크르르르르릉!

무영의 명령이 떨어진 즉시 청랑 두 마리가 달려 나갔다.

탈을 쓴 여인은 이미 전신이 만신창이가 되어 있었다.

구미호들과 모든 괴물을 뚫고 들어오는데 멀쩡할 리는 없었던 것이다.

하지만 기어코 탈을 쓴 여인은 청랑들의 공격마저 뚫어냈다.

'대단하군.'

무영이 작게 감탄하며 다가오는 여인을 마주했다.

검을 든 여인이 높게 뛰어올라 무영의 정면으로 검을 박아넣으려 하였다.

하지만 검은 무영에게 닿지 않았다.

위에서 검을 내리긋던 여인이 무영의 얼굴을 본 순간 멈칫했기 때문이다.

"아…… 저씨……?"

털썩!

그 말을 끝으로 여인이 바닥에 쓰러졌다. 전신 가득한 상처에선 피가 잔뜩 흘러나왔다.

카아아악!

화가 잔뜩 난 청랑이 그런 여인을 집어삼켰다.

이빨을 몸에 박아 넣은 채 그대로 유린하려고 하였다.

그것을 지켜보던 무영이 한쪽 손을 들었다.

낑—! 끼이잉!

문득 여인의 몸속에서 작은 동물의 기척이 느껴졌다.

주먹 두 개만 한 크기의 땃쥐였다.

그것도 그냥 땃쥐가 아닌 땃쥐의 제왕이다.

청랑의 이빨을 들어내려고 낑낑 거렸으나 전혀 소용이 없었다.

"멈춰라."

무영이 작게 말했다.

크르르르!

청랑은 잔뜩 화가 나 있었다. 멀리서부터 다가온 구미호들 역시 본모습으로 변해 있었다. 그만큼 눈앞의 여인이 가진 재주가 좋았다는 뜻.

하지만 청랑은 좀처럼 멈추지 않았다.

파삭!

무영은 그대로 청랑의 어금니 하나를 잡고 분질러 버렸다.

깨갱!

"멈추라고 하였다."

화들짝 놀란 청랑이 급히 물러났다. 이어 무영과 눈을 마주친 청랑이 바로 꼬리를 내렸다.

무영도 조금은 정신이 들었다.

'죽이는 것만이 능사가 아닐진대.'

자신의 역할에 너무 심취해 있었다.

그만큼 아직은 서투르다는 것일 터.

스스로를 찾았으나 무영 역시 내외적으로 성장해 나가는 중이었다.

확실한 건, 무영 홀로 모든 마신을 처치하진 못한다는 거다.

그저 무력이 강하다고 마신 전부를 소멸시키진 못한다. 조건이 필요했다. 예컨대 단탈리안의 경우 거짓을 꿰뚫고 진실을 찾는 것, 유명한 마신 아몬은 오로지 순수한 마법으로만 상대할 수가 있었다.

그러한 특수 조건을 가진 마신이 몇 있었다.

그리고 그런 조건들을 무영 혼자 만족시키는 건 불가능하다.

하여 무영은 인류를 모이고 그들에게 대항할 힘을 기르도록 하려 했다. 그 근본적인 이유들을 잊어선 안 된다.

무영은 그들이 모이고 각성할 수 있도록 적당히 자극만 하면 되었다.

항거 불가한 모습을 보이며 그들을 모두 죽이는 건 무영이 할 일이 아니었다.

'배수지.'

반쯤 뜯어진 탈을 드러냈다.

십 대 중반이나 되었을까.

소녀의 민낯이 그대로 나타났다.

모습은 많이 바뀌었지만 기본적인 태는 무영에게도 무척 익숙한 소녀였다.

배수지. 하늘 도서관을 마지막으로 더 이상 보지 못했던 아이.

쓰러진 소녀는 배수지가 분명했다. 설마 청랑과 구미호들을 따돌릴 정도로 성장했을 줄은 전혀 예상하지 못했지만, 무영은 배수지가 가졌던 그것을 기억해 냈다.

'빛의 계보가 기초를 잡아줬군.'

가장 근원에 가까운 힘!

처음은 느리지만 한번 개화하면 걷잡을 수 없이 커져 가는 힘이었다.

하나의 핵처럼 뭉쳐 있는 힘이 지금도 계속해서 분화하고 있었다. 신성하다기 보단 마치 태양과 같은 느낌.

더불어 또 다른 기연도 얻은 모양이었다.

그러니 이처럼 빠르게 성장이 가능했을 테지.

'신성한 축복.'

무영의 손에서 강렬한 빛들이 쇄도했다. 신성한 축복은 죽지만 않으면 살려내는 절대적인 치유 스킬이다. 가브리엘이 가져다 준 준권능에 달하는 치유이니, 몇 곳이 물려 뜯긴 정도는 말끔하게 지워 버렸다.

이어 자리에서 일어난 무영이 구미호들을 향해 말했다.

"성을 부숴라. 벽을 허물고 저들에게 안전한 곳이 없다는 걸 알려주어라."

"예."

사람의 모습으로 둔갑한 구미호들이 일제히 무릎을 꿇었다.

무영은 등을 돌렸다.

더불어 자신의 역할을 되새겼다.

인류를 멸망하는 걸 무영은 바라지 않는다. 또한 마신의 소멸을 위해서도 인류는 필요불가결이었다.

몇몇 마신을 소멸시키는 조건을 밝혀졌지만, 밝혀지지 않고 짐작만 가는 마신이 하나 있었다.

바알.

제1좌.

하지만 추정은 하고 있었다.

바알의 공략법은, 모든 마신을 소멸시킨 뒤 인류가 하나로 뭉치는 것이라고.

"가지."

무영은 등을 돌렸다.

그러기 위해서 벽을 허무는 게 무영의 역할이었다.

벽은 그들에게 안전을 가져다주었지만, 또한 나태와 단절 역시 가져왔기에.

사람들은 멈춰 섰다.

거미들도 일제히 행동을 멈췄다.

대신 고개를 돌려 성의 바깥을 바라봤다.

태양. 태양이 생기고 있었다.

정확히 말하자면 거대한 불로 이루어진 태양이다.

"저게…… 뭐야?"

"대체 뭐가 어떻게 돌아다는 거냐고!"

사람들은 기겁했다.

피부로 느껴지는 강렬한 힘!

거룩한 불꽃을 최대치로 끌어올린 것이었다.

쿠릉! 쿠르릉!

뿐만이 아니다.

검은 번개 역시 함께 쳤다.

비탄에 잠든 힘. 묵뢰가 깨어났다.

묵뢰의 힘이 거룩한 불꽃에 더해졌다. 마치 핵폭발을 일으킬 것처럼 불꽃이 작렬했다.

이어 거대한 구로 뭉친 불꽃이 벽을 향해 치닫기 시작했다.

"상쇄시켜야 한다! 모든 원거리 타격 스킬을 꽂아 넣어!"

"막아라!"

수백 가지의 공격 스킬이 불의 구를 향해 퍼부어졌다.

하지만 대도시엔 진정으로 '마법사'라 부를 수 있는 사람이 적었다.

아몬의 시련으로 마법의 정수를 깨달은 아크메이지. 그리고 그가 세운 '지혜의 탑'이 있었다면 이야기가 달랐겠지만, 아쉽게도 대도시와는 완전 반대편에 있는 것이다.

쿠우우우웅!

불의 구가 조금씩 벽을 좀먹었다.

그러자 모든 벽이 증발했다.

불은 오로지 벽만을 없앴다. 그리고 그 반대편에서, 여섯 장의 날개를 가진 남자를 모두가 발견하게 되었다.

하지만 어쩐지 익숙한 모습이다. 몇몇 사람은 의아해할 수밖에 없었다.

"저분은……?"

"어째서?"

2년 전, 천마의 시련이 있을 때 무영을 본 사람들은 믿기지 않는다는 듯이 중얼거렸다. 설마 괴물 거미들을 보내고 벽을 부순 게 무영이리라곤 전혀 상상조차 못한 일.

무영은 굳은 표정으로 입을 열었다.

"전쟁은 이미 시작됐다. 너희에게 주어진 시간은 5년. 인류의 존망을 건 싸움에 대비하라. 이따위 벽 안에 안주한다면 너희들은 멸망할 것이다.”

처음의 목표가 이것이었다.

이 말을 전하고 그들에게 경각심을 심어주는 것 말이다.

그냥 말로 하면 됐지 않겠느냐고?

무영은 고개를 저었다.

나태한 인류에게 말이 통했다면 과거처럼 세상이 멸망 직전까지 몰리진 않았을 터였다.

적당한 자극과 위기감이 필요했다. 그들을 각성시킬 계기 말이다.

물론 대도시는 다른 곳에 비하면 양반이었다. 하지만 사람은 스스로가 안전하다고 생각하면 안주를 택하는 경향이 많다. 아주 많다.

마신과 마왕들이 인류를 공격하지 않고 있는 건 오로지 내분 때문이다. 그들의 내분이 끝나면 곧장 다른 모든 종족을 멸망시키고자 움직일 것이었다.

무영은 대혼돈을 막을 작정이다.

하지만 그리하면 필연적으로 마신들은 마계 전체에 손을 뻗칠 수밖에 없다.

‘시간을 벌어주마.’

5년. 마신들의 내분이 끝나고 발목을 잡을 수 있는 시간을 그리 보았다.

‘디아블로의 출현이 변수가 됐다.’

원래는 더 시간이 많아야 정상이다. 하지만 디아블로의 출현으로 말미암아 내분은 더욱 빠르게 종결될 것이었다.

외부의 적은 내부를 결속하게 만드는 계기가 되기도 하므로.

무엇보다 5년이란 '이정표'를 제시하여 적어도 5년간 움직일 동력을 만들어주려는 셈이었다. 목표와 목적이 뚜렷하게 생기면 나태도 어느 정도는 피해가는 법.

"노오오옴! 내 제자를 어떻게 했느냐!"

탈을 쓴 거구의 남자가 뛰어올랐다.

거대한 기를 담아 무영에게 주먹을 내뻗었다.

탈을 쓰고 있다곤 하나, 맨손으로 이만한 기운을 낼 수 있는 사람.

'권왕.'

그 외엔 없다.

무영은 손을 뻗었다.

퍼어어어엉!

"컥!"

공기가 터졌다. 하지만 튕겨져 나간 건 권왕이었다.

무영은 권왕의 힘을 그대로 되돌렸다. 자신의 공격이 되려 자신이 당하도록.

600을 훌쩍 넘겨 거의 700에 다다른 힘은 이미 현재의 인류 수준을 한참 뛰어넘은 것이었다.

"마계에 안전지대는 없다."

펄럭!

무영이 날개를 끝까지 펼쳤다.

그러자 대도시의 중심에 거대한 탑 하나가 떨어졌다.

쾅!

군자성에 있는 탑의 일부다. 무영은 45개의 탑 중 하나를 대도시로 소환한 것이다.

마치 무언가의 상징처럼.

모두가 불길한 검은 탑을 쳐다보았다.

그리고 다시 고개를 돌렸을 때, 무영은 사라져 있었다.

대도시뿐만이 아니다.

모든 도시와 규모가 있는 마을엔, 어김없이 검은 탑이 떨어졌다.

탑은 지상 깊은 곳까지 뿌리를 박고 거대한 하나의 상징물이 되었다.

그것은 신성 도시 뮬라란에서도 마찬가지였다.

"거미들의 습격에 이어서 검은 탑까지……. 정녕 이게 무슨 일이란 말입니까?"

교황청 안에서 추기경 한 명이 한탄을 내뱉었다.

이곳엔 모든 이단 심판관과 추기경을 비롯한 고위인사들이 모여 있었다.

그리고 교황의 바로 옆자리엔 한 아름다운 여인이 자리하는 중이었다.

히아신스. 어느 날 불현듯 나타나 '꽃의 성녀'가 된 소녀는 이제 여인이 됐다.

그리고 가장 강력한 권능과 힘으로 교황과 맞먹는 권력마저 손에 넣었다.

때문에 뮬라란은 현재 내부적으로 극도의 혼란을 겪는 중이었다.

본래 산 하나에 왕 두 명이 존재할 순 없는 노릇이다.

그것은 어느 집단이건 마찬가지. 뮬라란이라고 다를 리 없다.

하지만 고위급의 시선으로 보자면 이미 힘의 추는 히아신스 쪽으로 넘어가 있었다. 교황조차 꽃의 매력에 매혹된 상태이니 말은 다했다.

그때 교황이 말했다.

"으음, 군자성에 생겼다는 탑과 비슷하게 생긴 듯싶습니다. 혹시 군자성으로 파견 보낸 신자는 아직 도착하지 않았습니까?"

"안타깝지만 군자성에서 소식이 끊겼습니다."

"허어, 그러나 탑 안에는 아무것도 없다고 하니, 진정으로 원인불명이라 이거군요. 이를 어찌한다……."

교황도 머리가 아플 수밖에 없는 사건이었다.

겨우 거미들의 습격을 막았더니 이번엔 뮬라란 중심부에 탑이 심어졌다.

한데 정작 탑 안에는 아무것도 없다. 다만, 수상스러울 수준의 귀기만 느껴질 따름이었다.

모두가 이도저도 못했다. 애당초 그러한 결정권한이 없었다.

이 자리에 모인 건 교황에게 의견을 묻고자 함이었다.

한데 정작 교황이 결정을 못 내리고 있었다.

본래는 저런 사람이 아니었다.

세라피나는 슬쩍 고개를 들어 히아신스를 바라봤다.

'교황의 혜안을 어지럽힌 건 명백히 그녀다.'

그리고 히아신스를 뮬라란 안으로 들인 건, 세라피나였다.

처음 발견했을 때 죽이지 못하고 교황에게 보내어 맡긴 것이 화근이었다.

덜컥!

불현듯 문이 열렸다.

문이 열리고, 한 사제가 모습을 드러냈다.

"알란 사제! 돌아왔는가!"

파견을 보냈던 추기경 한 명이 반갑다는 듯이 외쳤다.

그러나 알란의 상태는 험악했다. 옷이 찢어지고 피골이 상접해 있었다.

그는 온 힘을 짜내 겨우 입을 열었다.

"그가…… 그가 옵니다. 그가 오고 있습니다."

"그? 그가 누구란 말인가?"

"무영! 여섯 장의 날개를 지닌 남자입니다! 그는…… 그는 지옥왕. 지옥을 다스리는 지옥왕입니다! 그가 오고 있습니다……."

털썩!

알란은 원인불명의 말만 남기곤 기절했다.

그러기 무섭게 다른 정보원이 도착했다.

"대도시에 무영이란 남자가 나타났다고 합니다! 거미들이 도시를 공격하게 만든 장본인인 듯싶으며……."

이야기를 전해 듣던 모두가 눈만 깜빡였다.

무영? 어디선가 들어본 것 같은 이름이다.

하지만 두 명을 제외하면 모두가 아리송해하였다.

"하아아!"

히아신스의 입가가 올라갔다.

묘한 환희로 가득 찬 신음을 내뱉었다.

여태껏 뮬라란에서 한 번도 보여준 적 없는, 그런 미소.

모두가 잠시 그 웃음소리와 모습에 넋을 잃었다.

하지만 다른 한 명, 이단 심판관 중 한 명인 세라피나는 넋을 잃지 않았다.

'무영 님……!'

그녀는 무영을 잘 안다.

2년간 부리나케 찾아다녔지만 찾을 수 없었던 그가 어째서 대도시에 나타났단 말인가?

세라피나의 마음이 급해졌다.

당장 찾아가 확인을 해보고 싶었다. 본인이 맞는지. 맞다면 왜 이런 일을 일으켰는지!

세라피나의 마음속에서 무영은 마계 유일의 천사였던 탓이다.

마계엔 천사가 없다. 혹시, 그 말 그대로 무영도 천사가 아니었던 걸까?

'믿음이 필요해. 진정한 진실을 찾아줄 믿음이.'

세라피나는 눈을 감았다.

속단해선 안 된다. 그 속에 감춰진 진실을 찾아야 한다.

진실, 혹은 그것이 설혹 거짓일지라도 두 눈에 담고 확인을 해야 했다.

신의 뜻이란 인간이 해석하기 어려운 경우가 많으므로.

그리고 또 한 명.

무영이란 이름에 격한 반응을 보인 여인, 히아신스가 전율을 일으켰다.

'그분이 오셨다. 드디어, 드디어 내게로 오셨다.'

히아신스는 과거의 기억이 없다.

단지 기다려야 한다는 생각뿐이었다.

무영이란 이름을 듣는 순간 세상이 변했다.

어둠 속의 구세주. 공포의 대상이자 연모의 상대.

확신할 수 있었다.

자신이 애타게 기다리고 기다리던 사람이 무영이라는 것을.

무영이 나타났다면 자신을 데리고 가리라고 생각했다.

드디어 이 지루하기만 한 곳을 나가 진정한 자신을 찾을 수 있다.

그렇게 생각했다.

그 또한 진실이 아니라는 걸 깨닫는 데에는 시간이 많이 걸리지 않았지만.

무영이 무엇을 하건 히아신스에겐 상관이 없었다. 그가 나타났다는 게 가장 중요한 사실이었다.

"히아신스 님?"

모두가 의아한 듯 히아신스를 바라봤다. 히아신스가 자리에서 일어나 대뜸 밖으로 나가기 시작한 것이다.

그것도 맨발로.

'빨리, 나를 더 꾸며야겠어.'

그분이 오실 때 최대한 아름다운 자신의 모습을 확인할 수 있게끔.

히아신스 역시 마음이 급해졌다.

낑! 끼잉!

낑낑이가 울었다. 땃지의 제왕이라고는 하나 기껏해야 어른 주먹 두 개 정도뿐이 안 되는 크기로 구슬프게 울었다.

쓰러진 자기 주인을 위해 사력을 다하는 중이었다.

그 옆에는 권왕도 자리하고 있었다.

"상처는 다 나았는데 뭐가 문제란 말인가?"

늦은 저녁.

모닥불 아래에서 배수지는 신음하고 있었다.

하지만 여전히 의식불명의 상태였다. 기는 예전보다 더욱 강렬해졌으며 상처도 없을진대 배수지는 깨어나지 못하고 있었다.

"정신적으로 무언가 문제가 있는 건가?"

저주와 같은 느낌도 전혀 들지 않았다. 그렇다면 남은 문제는 정신적인 것인데 걸리는 게 너무 많았다.

하지만 배수지는 정신력이 강한 아이다.

아니었다면 진즉에 정신이 무너졌을 것이다. 친부가 죽었다는 사실을 알았을 때, 아니, 그전의 시간에서도 충분히 그럴 만한 일은 많았다.

배수지는 그 모든 걸 이겨냈다.

권왕이 감탄할 정도이니 말은 다했다.

"안 돼, 안 돼……."

잠꼬대처럼 배수지가 중얼거렸다.

"뭐가 안 된다는 말이냐? 말을 하거라, 말을."

권왕도 답답해 죽을 지경이었다.

벌써 이틀째 죽은 듯이 잠만 자고 있으니 혹시 몰라 이 주변을 못 뜨고 있었다.

배수지는 돌연히 거미들을 사냥하다가 '거미들의 숙주'를 찾았다며 모습을 감췄다. 이후 무영이란 작자가 나타나 대도시를 습격했다.

권왕은 배수지가 죽은 줄 알았다.

그래서 무영을 죽이고자 움직였다.

물론 죽이진 못했다. 그러기엔 '격'의 차이가 너무나도 심했다.

어지간한 고대급의 용에게서도 그만한 느낌을 받은 적이 없거늘.

이후 정신을 차리곤 배수지를 찾았다.

살아 있는 게 천만다행이긴 하지만…… 상태가 이래서야.

"가지 마요. 아빠, 아저씨. 가지 마요."

"쯧."

혀를 차고 말았다.

그러곤 고개를 살짝 떨구었다.

권왕이 배수지를 납치했다는 사실은 변치 않는다. 당시엔 복수심에 미쳐 있어서 그랬다지만 지금에서야 속죄의 마음이 들었다.

결국 친부의 죽음도 확인하지 못하고 그 시체만 만질 수 있었으니 트라우마로 남을 것이다.

"미안하다."

나이가 들고 제자를 들이자 복수심이 얕아졌다.

배수지가 권왕을 바꿔놓은 셈이다.

더더욱 그래서 배수지에게 아낌없이 퍼주는 중일지도 모른다. 신비문의 모든 것. 자신이 체득하고 깨달은 모득 심득을 전하고 있었다.

이것이 자신이 속죄할 수 있는 유일한 방법이라고 보았다.

이 마계에서 살아갈 수 있는 힘을 주는 것 말이다.

그래도 이 낙인은 평생 지울 수 없겠지.

'아저씨라면 가끔 말하던 그 남자를 말하는 거겠지.'

배수지는 틈만 나면 '아저씨'를 언급하곤 했다. 대단한 사람이라며. 권왕 자신이 상대가 안 되는 사람이라고.

세상에 그런 사람이 어디 있단 말인가?

인류 모두를 따져 봐도 용군주 한성이 아니면 권왕에게 그딴 말을 할 수 있는 사람은 없다.

하여 비웃었다. 그럴 때마다 '나중에 후회하지 마라'라는 소리를 들었지만.

지금도 믿지는 않는다.

자신을 한참 상회하는 '인간'이 존재할 리는 없었다.

권왕은 그렇게 생각했다.

물론 그 아저씨라는 사람이 배수지에게 굉장히 큰 역할을 했다는 건 알겠다.

"안 돼!"

벌떡!

갑자기 배수지가 상반신을 들어 올렸다. 악몽을 꾸었는지 전신엔 식은땀이 가득했다.

일어난 즉시 주변을 살피고, 권왕을 발견하자 급히 물었다.

"아저씨는, 아저씨는 어디 계세요?"

"이틀 만에 일어나선 그게 무슨 말이냐?"

배수지의 표정이 일그러졌다.

"이틀이…… 지났다고요?"

"그래, 정확히 이틀하고 반나절이 지났다. 대체 무슨 일이 있었던 게냐?"

배수지가 이마를 부여잡았다.

그러곤 숨을 크게 고르며 말했다.

"아저씨를 만났어요."

"네가 매일 입버릇처럼 말하던 그 아저씨 말이냐?"

"예, 분명해요. 모습은 많이 달라졌어도 전 알 수 있어요."

"그 아저씨란 사람이 지금은 어디 있느냐?"

"……모르겠어요. 뭐가 뭔지 하나도. 왜 괴물들의 뒤에서 그들을 조종하고 있었는지도."

권왕은 이맛살을 구겼다.

"설마 이번 일의 원흉이 그 사람이라고?"

배수지는 고개를 끄덕였다.

원흉. 그래, 원흉이라 할 수 있을 게다.

그러나 아직도 믿기지 않는다.

배수지 안에서의 무영은 비록 냉정하고 말도 없지만, 그래도 항상 최선의 수를 찾는 사람이었다.

확실한 등가교환과 일말의 정도 베풀 줄 알았다.

"다른 이유가 있을 거예요. 대도시를 공격해야 했던 이유가……."

배수지는 필사적으로 이유를 찾았다.

무영이 살아 있다는 사실 하나만으로도 지금은 벅찼던 것이다.

'죽지 않았어.'

하늘 도서관에서 죽은 줄 알았다.

다시는 못 볼 줄 알았다.

배수지 혼자만 탈출하여 몇 날 며칠을 울지 않았나.

한데…… 살아 있다. 모습은 달라졌어도 분명히 무영이다.

"알아봐야겠어요."

"설마?"

"어디로 갔죠?"

"놈은 위험하다. 내가 살면서 만난 무엇보다 위험해."

권왕은 진절머리를 쳤다.

혼신의 일격을 장난처럼 걷어버린 남자.

그 압도적인 '격' 앞에 권왕은 벽을 느꼈다. 넘을 수 없는 벽. 인류가 다다를 수 없는 경지라고 생각해 버렸다.

아마도 권왕 자신이 한계에 다다랐기 때문에 그러한 느낌을 받은 것이리라.

하지만, 권왕의 말은 사실이었다.

살아생전 수많은 괴물과 마왕조차 보았다지만 놈처럼 위험한 느낌은 받지 못했다. 절대로 엮여선 안 된다. 특히 배수지는 그의 어둠에 먹혀 버릴 것이었다.

"그럼 저 혼자라도 가겠어요. 이제는 저를 막지 마세요."

배수지가 마음을 단단히 먹었다.

진실을 확인하고 싶었다.

무영은 지극히 실리주의자다. 이유 없이, 명분 없이 대도시를 공격하진 않았을 거다.

진실을 확인하고 싶었다.

권왕은 더 이상 배수지를 막아설 명분이 없었다.

실력 또한 어느 정도 권왕을 따라잡았기에 막으려면 죽일 각오로 싸워야 한다.

"정녕 그래야겠느냐?"

권왕의 눈빛이 달라졌다.

그럼에도 막아야 한다.

무영이란 놈. 그놈은 그만큼 위험하기 때문이다.

"막으실 건가요?"

"막고 싶구나."

"그럼 막으세요."

배수지가 자리를 털고 일어났다. 눈빛이 무척이나 공격적이었다.

검을 뽑고 자세를 잡았다.

막을 테면 막아 봐라!

사생결단을 내서라도 반드시 가야겠다는 뜻.

그 의지를 권왕이 읽지 못할 리 없었다.

"너는…… 감당할 수 없을 게다."

"왜 제 한계를 스승님이 정하시죠?"

권왕은 입을 닫았다. 맞는 말이었다. 배수지는 한계가 없었다.

그건 권왕도 안다. 배수지는 볼 때마다 놀라울 수준의 재능을 소유했으니.

하지만 강가에 내다놓은 아이와 같은 느낌이 드는 것도 어쩔 수 없었다.

"나도 가마."

권왕은 어깨를 늘어뜨리고 말했다.

제자 이기는 스승은 없다. 맞는 말이다.

그러자 배수지가 의외라는 듯 바라보며, 검을 집어넣었다.

꼬르륵!

순간 배가 울렸다. 배수지가 있는 방향에서 들린 소리였다.

배수지가 어깨를 으쓱했다.

"그럼 일단 밥부터 먹죠. 낑낑아, 너도 배고프지?"

끼이잉!

낑낑이가 신이 나선 배수지의 어깨 위를 빙빙 돌았다.

"허허……."

권왕이 고개를 절레절레 저었다.

여러모로 대단한 아이였다.

무영은 물러났다.

모든 도시의 벽을 허물었다. 그들을 막는 건 이제 없다. 벽은 수많은 걸 상징했고, 그게 없어진 데다 별 도움이 안 된다는 걸 깨달았을 테니 다른 방법을 구하려 노력할 것이다.

게다가…… 탑은 자신을 잊지 않게 하려는 증표다.

5년간 탑은 불길함의 상징으로 여겨질 것이다.

무영은 그야말로 불길함의 화신이 될 테지.

'상관없다.'

무영은 걸었다.

그 뒤를 수만의 괴물이 따랐다. 그중엔 타칸도 있었다.

"이제 무엇을 할 거냐? 다른 언데드들을 만나볼 것이냐?"

"마신의 영역으로 돌아간다."

이만하면 되었다.

무영은 밥상을 차려줬을 따름이다. 떠먹여 주는 건 자신의 소관이 아니다. 인류에게 경고하고, 경각심을 심어준 정도면 되었다.

충분할진 모르겠으나 더 했다간 본말전도가 될 터였다. 무영은 적당하다는 것의 기준을 잘 몰랐다.

"그러려면 천경을 사냥해야 한다. 디아블로의 군세를 막고자 마신들이 영역의 경계에 놈을 배치했다는 설이 있다."

천경.

소문은 들었다. 끝없이 거대한 괴물이 마신의 영역 경계에 있다는 것을.

하지만 무영은 개의치 않았다. 그래 봐야 괴물이다. 마신조차 아닌 것을 상대로 고전할 생각은 없었다.

'흠.'

그러나 무영은 인상을 좀처럼 펴지 못했다.

아까 전부터 계속해서 느껴지는 이질적인 기척.

'누군가가 따라붙었다.'

무영의 기감을 속일 순 없었다. 타칸은 깨닫지 못할 정도의 은신력. 주변에서도 이 기척을 깨닫지 못한 듯싶었다.

무영이 날개를 펼쳤다. 그러곤 하늘로 날아올라, 구름의 한 조각을 베었다.

스윽!

작은 소리와 함께 구름이 나뉘었다. 그 속에서 은신해 있던 살수 한 명을 발견했다.

"아타락시아."

아타락시아!

과거 무영이 얻었던 살수다. 기척을 죽이는 데 도가 텄던 자다.

설마 구름 속에 숨어 있었을 줄이야.

아타락시아의 어깻죽지가 길게 베어져 있었다.

하지만 아무런 고통도 없다는 듯 아타락시아는 다시금 바닥에 착지하더니 그대로 무릎을 꿇었다.

하나 복종의 표시는 아니다. 무영과 연결되는 느낌은 없었다. 오히려 다른 이와 연결되어 있는 것 같았다.

무영은 인상을 살짝 찌푸렸다.

"너는 뭐지?"

무영이 묻자 아타락시아가 답했다.

"배승민 주인님께서 뵙고자 하십니다."

배승민.

기억난다. 기억하지 못할 리 없다.

배수지의 친부이며, 동시에 무영을 가장 가까이에서 보좌했던 리치였기에.

타칸과 더불어 빼놓을 수 없는 가신이었다.

52장
천경

하지만…….

무영은 이맛살을 구겼다.

보고자 한다는 건, 다시 말해 무영이 배승민을 만나러 오라는 뜻이다.

하나 이는 있을 수 없는 일이었다.

무영이 없는 사이 아타락시아와 연결하여 지탱한 건 잘한 일이지만, 적어도 이 자리엔 아타락시아가 아닌 배승민이 직접 왔어야 했다.

"배승민은 어디 있지?"

"주인님께선 깊은 곳에 계십니다. 피치 못할 사정으로 인해 나오지 못함을 용서해 주시길."

"피치 못할 사정이라."

하지만 무영은 진정성을 느끼지 못했다.

게다가 제대로 된 위치조차 알려주지 않는다.

무언가 간을 보는 느낌.

그래, 마치 시험을 보는 것만 같았다.

'건방진.'

무영은 날개를 펼쳤다. 그리고 아타락시아를 향해 수천의 깃털을 꽂았다.

스으윽.

아타락시아가 공격을 피했다.

본래 무영이 만들고 지배했을 시절이라면 결코 있을 수 없는 일.

무영이 무엇을 하더라도 그대로 받아들이는 게 언데드 아니었던가.

그런데 지금은 무영의 공격을 피했다.

이는 또한 배승민의 의도를 보여주는 장면이었다.

"미련한 짓을 하는군."

배승민. 그는 무영의 성격을 안다.

그럼에도 이런 도박을 했다는 건 돌아섰거나 혹은 다른 이유가 있어서겠지.

만약 돌아섰다면 무영은 배승민을 살려둘 수 없었다.

살려두기엔 배승민은 무영에 대해 너무 많은 걸 알고 있었다. 실제로 현재의 세상에서 가장 무영을 잘 아는 건 배승민이었다.

순간 아타락시아의 몸이 흐려졌다.

공간의 단면을 잘라 다른 공간으로 이동하려는 것이다.

도망을 가려는 속셈이다. 하나 그것을 무영이 지켜만 볼 리 없다.

슈아악!

무영은 비탄을 꺼내 휘둘렀다.

그러자 아타락시아가 열어둔 공간이 잘려 나갔다.

무영검은 모든 것을 초월하여 타격할 수 있는 검법이다. 고로, 무영의 앞에선 텔레포트와 같은 이동기가 더 이상 통하지 않는다고 할 수 있었다.

아타락시아의 신형이 다시금 뚜렷해졌다.

콰아아앙!

무영은 아타락시아의 몸을 발로 차냈다.

아타락시아의 몸이 지상에 박히자 무영은 다시금 날개를 들어 수많은 깃털을 놈의 몸에 꽂아 넣었다.

결박.

움쩍달싹 못하도록 만든 뒤 손을 뻗었다.

아타락시아의 머리 위에 떠오른 영혼만큼은 아직도 그대로 있었기 때문이다.

이 상태로 영혼 착취를 행하면 아타락시아의 혼이 송두리째 무영에게 흡수될 것이었다.

배승민에게 보내는 경고장의 의미로도 충분할 터.

"죄송합니다. 정말 무영 님이 맞으시군요."

막 영혼착취를 행하려는 찰나, 아타락시아의 입에서 다른 목소리가 튀어나왔다.

배승민. 그의 목소리다.

약간의 반가움과 곤란함 등이 섞여 있는 목소리.

무영은 아타락시아와 배승민 간의 혼의 동화가 이뤄지고 있는 것을 확인했다.

"나를 시험한 건가?"

"진짜 무영 님이 맞으신지 확인할 필요가 있었습니다. 지난 2년간, 사라져 계셨으니까요. 루키페르에게 지배당하셨을 가능성을 염두에 뒀어야 했습니다."

무영은 팔짱을 꼈다.

적어도 이번에는 거짓이 느껴지지 않았다.

하기야 무영은 내부적으로 문제가 많았다. 디아블로의 불꽃 속에서 2년을 보냈다지만 자칫 잘못하면 스스로를 잃을 뻔했다.

그리하면 루키페르에게 신체가 양도됐거나 다른 존재가 되었을 것이다. 껍데기만 무영이고 나머지는 다른 것들로 채워졌어도 이상하지 않았다.

그만큼 무영에게 지난 2년은 위험천만하기 그지없는 나날이었다.

그것을 배승민도 조금은 알았다. 무영의 몸속에 루키페르가 있고 상당히 스스로가 불안정했다는 걸 알고 있으니 경계했을 터였다.

"나는 타락하지 않는다."

그럴 가능성이 있었지만 현재는 현재다.

무영은 이제 결코 흔들리지 않을 것이다.

다짐과도 같은 말을 입에 담았다.

"잠시만 기다리십시오. '문'을 열겠습니다. 아, 그전에 깃털을 좀……."

무영은 고개를 끄덕이며 아타락시아의 신체를 구속한 깃털을 제외시켰다. 허공에 증발하듯 빛을 내며 깃털 모두가 사라진 것이다.

이어 자리에서 일어난 아타락시아가 가슴팍을 뒤지더니 작은 물병 하나를 꺼냈다.

물병의 마개를 따고 바닥에 원 형태로 액체를 흩뿌리자 원이 까맣게 물들며 다른 공간을 잇는 '통로'가 되었다.

아타락시아가 무영을 한 차례 쳐다봤다.

스으윽!

그 통로를 뚫고 배승민이 나타났다.

배승민의 모습은 약간 달라져 있었다.

검은색의 망토와 용의 뼈로 만들어진 지팡이, 살이 전부 증발하며 뼈만이 남았다. 하지만 뼈의 형태가 더욱 굵어지고 까만색을 띠었다.

까만색. 하나 어둠에 물든, 그런 악한 마력은 아니다.

모든 빛과 기운을 흡수하여 본연의 까만색으로 변한 것이다.

그래서 마력의 흔적이 느껴지지 않았다. 무영처럼, 모두 안으로 갈무리하고 있다는 뜻이었다.

"굉장하군."

무영은 순수하게 감탄했다.

배승민은 스스로의 '격'을 높였다.

2년 전과 비교가 창피할 수준으로 말이다.

이러한 느낌을 무영은 과거에 받은 적이 있었다.

리치킹!

과거 리치킹이라 붙여진 리치가 이 비슷한 느낌을 주었다.

"엘더 리치라고 하더군요. 일을 진행하다 보니 모습이 변했습니다."

간만에 본 배승민의 모습은 정말 기상천외였다.

물론 애당초 평범한 리치와는 거리가 멀었지만, 엘더 리치라니.

리치의 끝이라 불리는 존재 아닌가.

하기야 그 정도가 되니 아타락시아의 혼을 마음대로 부릴 수 있었던 거겠지만.

"저도 묻고 싶은 게 많습니다. 그리고 보여드리고 싶은 것도 있습니다."

배승민이 무영의 뒤를 바라봤다.

수없이 길게 늘어진 망령들과 엘라르시고.

그 위용 앞에 배승민도 살짝 기가 질린 듯싶었다.

"이 안으로 들어가면 제가 세운 마을이 있습니다. 들어오시지요."

배승민이 자신감에 넘치는 모습으로 다시금 통로 안으로 들어갔다.

무영은 잠시 고민하다가 망령들을 향해 말했다.

"대기하라."

"저희가 따라가게 해주십시오."

다섯 구미호가 청했다.

아무래도 갑자기 나타난 배승민에 대하여 불신의 기색이 있는 모양.

무영은 잠시 고민하다가 고개를 끄덕였다. 청랑과 성성이가 있으면 통제는 충분히 될 것이다.

"어서 들어가지."

타칸이 어느덧 옆에 섰다. 놈 역시도 배승민과의 재회가 반갑고 궁금한 듯싶었다.

무영은 잠시 타칸을 바라보다가 원 안으로 몸을 옮겼다.

마을이라 하기에 별 다른 기대를 안 했건만 원을 통과하자 나타난 모습은 놀라울 지경이었다.

촘촘히 산으로 이루어진 그 가운데에 수백의 집이 퍼져 있었다.

그리고 그곳에 모인 사람들은 왜인지 눈에 익었다.

그들의 눈엔 살기가 가득했다. 시체처럼 늘어진 자도 있었다.

하지만, 역시나 눈에 익다.

"저들은……."

무영조차 뒷말을 쉬이 잇지 못했다.

그럴 수밖에 없었다.

저들을 어찌 잊을 수 있을까.

배승민이 무영의 마음을 이해한다는 듯 첨언했다.

"찾기가 쉽지 않았습니다. 지부들이 너무 넓게 퍼져 있더군요. 뮬라란과 대도시의 정보들을 몰래 모아서야 겨우 위치들을 특정할 수 있었습니다."

"살수림의 살수들을…… 찾은 건가?"

"예."

"어떻게 알았지?"

무영은 살수림에 대해 말한 적이 없었다.

유독 반응하는 경향을 보이긴 했으나, 그것만으로 알아차리긴 힘들었을 것이다.

배승민이 마을 사이를 걸으며 말했다.

"저와 무영 님의 혼은 동화되어 있었습니다. 특히 저의 경우엔 그게 심했지요. 지금도 시시각각으로 연결이 되고 있지 않습니까? 덕분에 아주 가끔이지만, 혼에 새겨진 몇 가지 일을 볼 수 있었습니다. 죄송합니다."

"처음 듣는군."

이런 이야기는 들어본 적이 없었다.

배승민은 고개를 숙이며 말했다.

"저도 그냥 꿈과 같은 거라고 생각했습니다. 제가 잊고 있던 그런 꿈이라고요. 그러나 시간이 지나며 그 당사자가 제가 아니란 걸 깨달았습니다."

배승민은 기억이 정확하지 않았다. 공백이 많았다. 배수지에 관한 것조차 잊어버릴 정도로.

하지만 지금은 많은 부분에서 안정이 된 것 같았다.

"제가 괜한 신경을 쓴 걸까요?"

"아니다. 잘했다."

무영은 진심으로 말했다.

웡 청린을 죽인 뒤. 무영은 곧장 디아블로의 시련에 입장하게 되었다. 본래라면 살수림의 모든 지부를 찾아서 사람들을 해방시켰을 것이다.

하나 강제로 갇히며 그러질 못했는데 무영의 대신 그 일을 배승민이 해냈다.

어찌 기껍지 않을 수 있겠는가.

그때 배승민이 걱정스럽다는 어조로 말했다.

"저들을 찾기는 했으나 많은 이에게 이미 문제가 생기고 있었습니다."

"그랬겠지."

"특히 세뇌와 같은 부분들은 저로서도 어쩔 수가 없더군요. 그나마 혼을 동화시켜 겨우 정신만은 유지하게 만들고 있습니다만……."

웡 청린의 세뇌가 깊숙하게 투여됐다면 무영도 어쩔 수 없다. 억지로 풀려고 했다간 자아 자체를 잃어버린다. 아예 백치가 돼버리는 것이다.

"마을은 어떻게 유지하고 있는 거지?"

망령이나 엘라르시고와 달리, 인간은 '소비'를 하는 동물이다. 이만한 규모가 장기간 유지되려면 어지간한 수완으로는 어림도 없다.

"정보 상인 노릇을 하고 있습니다. 간혹 정상 비슷하게 된 이들이 자처해서 제 밑에 들어오길 바라더군요. 그들을 정보꾼으로 이용하고 있습니다."

무영은 고개를 끄덕였다.

아주 낮은 확률로 세뇌에서 풀리더라도 그 여파는 분명히 있다.

누군가를 섬기고 명령을 내려주지 않으면 불안해서 자살할 것이다.

하여간…… 무영은 주변에 눈을 떼지 못했다.

그리운 얼굴들도 있었다. 저들은 무영을 기억하지 못하지만 무영은 기억하고 있었다.

이윽고 무영은 앞서가는 배승민에게 시선을 옮겼다.

배승민으로선 무영을 의심해야만 하는 상황이었다.

루키페르에게 이 마을을 공개했다간 이들 모두가 죽었을 터다.

딱히 동료애라고 할 것까진 없지만, 분명히 찜찜했을 것이다.

"고맙다."

"……."

배승민이 잠시 답하지 못했다. 무영에게 고맙다는 말을 들은 건 처음인 듯싶었다.

그리고 한 박자 늦게 배승민이 답했다.

"당연히 해야 할 일이었습니다. 괘념치 마시길."

무영은 배승민과 긴 이야기를 나누었다.

주로 무영은 듣는 쪽이었지만, 배승민이 2년간 행한 업적은 꽤나 흥미로웠다.

"저는 그간 디아블로의 발자취도 함께 좇고 있었습니다. 그리고 디아블로 역시 다른 마신들과 마찬가지로 '균열석'을 모으고 있다는 사실을 확인했습니다."

"디아블로가 굳이 균열석을 모으는 이유가 있나?"

"그간 디아블로는 수많은 군세를 소환했지요. 모두 균열석을 이용한 겁니다."

디아블로가 균열석을 모은다?

균열석은 말 그대로 균열을 열고 닫는 돌이다. 무영은 그레모리에게 균열석 3개를 모아줄 것을 부탁받은 바가 있었다.

"그 군세들을 막고자 마신들은 마신의 경계에 강력한 마물 하나를 배치해 놓았습니다."

"천경."

"예, 오로지 디아블로에게 대항하고자 만들어낸 인공 마물입니다. 덕분에 디아블로는 마신의 영역으로 들어가는 경계를 쉽게 넘지 못하고 있습니다."

"인공 마물? 만들어냈단 뜻인가?"

"누가 만들었는지는 모르겠습니다. 그러나 상상을 초월할 정도로 강력한 마수임에는 분명합니다."

"나 역시 마신의 영역으로 넘어가야 한다."

마신의 영역으로 넘어가야 다음 단계를 밟아 나갈 수 있었다. 하지만 천경이 막고 있다면 문제가 생긴다.

배승민은 잠시 고민하다가 입을 열었다.

"악마들은 자유롭게 넘나들 수 있습니다. 제가 아는 악마가 있습니다. 그라면 넘어갈 수 있도록 저희를 도와줄 겁니다."

악마를 안다?

그리고 악마가 도와준다?

한 번도 생각하지 못한 발상이다.

배승민은 이어서 말했다.

"그는 거래가 확실한 악마입니다. 그가 바라는 걸 주면, 확실하게 저희를 천경 너머로 안내할 것입니다."

무영은 잠시 생각에 잠겼다.

그레모리와 손을 잡는 수순까지 밟으려 했으니, 일개 악마와 필요에 의해 손을 잡는 정도는 아무것도 아니다.

무영은 자신의 목표를 위해서라면 무슨 짓이든 거리낌 없이 저지를 준비가 되어 있었다. 참고, 견디고, 인내하는 것만이 능사는 아니란 뜻.

"그 악마를 한번 봐야겠군."

"연락이 닿으려면 7일 정도가 걸립니다. 마을에서 잠시 쉬시는 건 어떠실는지요? 안락할 것이라고 장담은 못 합니다만……."

배승민이 말을 흐렸다.

자신이 직접 만들고 꾸민 곳이니, 제아무리 엘더 리치라도 조금은 망설여지는 모양이었다.

무영은 피식 웃으며 고개를 끄덕였다.

"그리하마."

마을보단 마을에서 살아 숨 쉬는 살수들의 일면들을 다시금 확인하고 싶었다. 설마 배승민이 그들을 일일이 찾아다니며 모았을 것이라곤 상상조차 못 했다.

'조금씩. 천천히.'

조금씩이라도 앞으로 나아가자.

직접 움직이면 이처럼 긍정적인 효과가 나타나지 않는가.

비록 세계에는 큰 영향을 끼치지 못한대도, 이런 게 쌓여서 세상을 바꾸는 것이다.

무영은 많은 걸 알지는 못하지만 그러한 진리만큼은 알고 있었다.

스스스슥!

나뭇가지 위로 그림자들이 모였다.

복면을 쓴 남자들. 무영은 가장 앞에서 그들을 진두지휘하고 있었다.

끄덕!

서로의 눈빛을 쳐다본 이후 고개를 끄덕였다.

임무 개시.

목표는 사자왕이라 불리는 남자.

그는 갈기와 같은 갈색의 수염을 지녔다. 사자가 그려진 거대한 대검을 들고 적을 추풍낙엽처럼 쓰러뜨린다 하여, 사자왕이라고 불렸다.

왜 죽여야 하는가?

이유는 없었다. 그저 임무에 따라 죽일 따름.

그것은 이곳에 모인 모든 살수가 마찬가지였다.

"하룻강아지들이 모였구나!"

좁은 언덕, 공격은 시작됐다.

수많은 암기와 미리 파놓은 함정들. 그의 약점들을 철저하게 공략했다.

하지만 사자왕은 죽지 않는다. 커다란 부상을 입었으나 회광반조라 하였던가?

해가 지기 전 밝아지는 그러한 현상처럼 사자왕의 괴력이 더욱 강해졌다.

살수들은 이변을 느꼈다. 발을 빼고 다시 덮치려 했으나 멀리서 그의 원군이 다가오는 중이었다.

그러자 살수들은 희생양을 정했다.

가장 약한 순서대로 사자왕의 이빨에 몸을 던졌다.

거리낌 없이.

시체를 토막 내는 사이, 다른 살수들이 사자왕의 뒤를 친다.

그렇게 약한 순서대로 죽어간다. 사자왕을 죽일 가능성이 높은 자를 남겨둔다.

그러자 무영만 남았다.

"강아지들이 모인다고 사자를 죽일 수 있을 것……!"

푹!

무영은 비검을 들고 사자왕의 미간을 찔렀다.

그리고 미련 없이 돌아섰다.

임무를 완료했고 생존자는 무영뿐이었지만, 무영에겐 아무런 감정도 없었다.

약한 자는 죽고, 강자는 사는 세계. 단지 그뿐이었기에.

눈을 뜨자 가장 먼저 천장이 눈에 들어왔다.

'배승민의 마을······.'

무영은 고개를 흔들었다.

꿈이 너무나도 생생해서 지금이 꿈인가 싶을 정도였다.

하지만 곧 무영은 배승민의 마을로 초대받아 머무르는 중이라는 걸 기억해 냈다.

간만에 푹 잔 느낌.

몇 날 며칠을 침대에만 누워 있는 기분이었다.

그만큼 이곳의 분위기 같은 게 무영에게 맞다는 뜻이었다.

무영은 자리에서 일어나 기본적인 준비를 마친 뒤 바깥으로 향했다.

수많은 사람, 과거 살수였던 자가 이곳엔 즐비했다.

"히히히."

"으어어어······."

하지만 그들은 집 옆에 기대고 앉아서 웃거나 바닥을 뒹굴 며 괴로워했다.

윙 청린의 세뇌에서 벗어나지 못해 허우적거리는 것이다.

그중에는 꿈에서 봤던 살수들도 있었다.

무영은 그들을 미묘한 시선으로 쳐다봤다.

전우애. 그런 건 없다. 그들이 무영을 도운 것도 임무 성 공의 가능성을 높이기 위해서였다.

그런데 이 묘한 기분은 뭐란 말인가.

물론 도와선 안 된다.

윙 청린의 세뇌는 그런 것이다. 스스로 이겨내지 못하면 반드시 강력한 반동으로 돌아온다.

"무영 님, 주인님께서 부르십니다."

복면을 쓴 남자 한 명이 무영의 앞으로 스르르 나타났다.

앞의 남자 역시 살수다. 다만, 세뇌를 어느 정도 이겨내고 정보꾼으로 활용되고 있는 듯싶었다.

"손님께서 도착하셨다고 합니다."

무영은 고개를 끄덕였다.

무영이 이 마을에서 체류한 지도 벌써 5일가량이 지났다.

예상보다 빨랐지만, 악마가 도착했다면 얼굴은 봐둬야 했 다. 자신이 아는 악마일 수도 있으니까.

까만 머리, 까만 피부의 악마가 차를 마시고 있었다.

보는 순간 알았다.

아니, 깨어난 순간부터 알고 있었다.

어둠의 힘을 지닌 제법 강력한 악마가 마을 안으로 들어왔다는 사실을 말이다.

"음?"

악마가 고개를 돌렸다.

그리고 무영을 바라봤다.

이윽고, 악마의 눈이 커졌다.

무영에게서 느껴지는 어둠을 읽은 것일까?

"너는 누구냐? 너와 같은 마왕은 본 적이 없다만……."

무영을 보고 마왕이라 한다.

틀린 말은 아니었다.

하지만 궁금했다.

"어째서 내가 마왕이라 생각하는 거지?"

"그야 내가 마왕이니까. 마왕이 마왕을 알아보는 건 당연한 것 아니냐?"

무영의 눈썹이 살짝 꼬였다.

마신 한 명당 수십에서 백에 가까운 마왕을 두는데, 그야 무영이 모든 마왕을 알고 있을 순 없다. 하지만 그럼에도 생소한 느낌이었다.

"뭐, 너와 같은 자가 여기 있다면 '거래'를 위해서겠지. 네가 누구의 가신이건 내가 누구의 가신이건 그건 상관없는 일이지. 그렇지 않나?"

마왕은 확인을 위해 일부러 입을 열었다.

거래를 할 것이냐, 하지 않을 것이냐 묻는 것이다.

아무래도 일반적인 악마…… 정말 마왕이라면, 일반적인 마왕은 아닌 것 같았다.

그도 그럴 게 마왕에게 있어서 마신은 절대적인 존재이기 때문이다. 자신이 섬기는 마신을 위해서라면 무슨 짓이라도 해야 하는.

"상관없다."

무영은 동조했다.

저쪽에서 저리 나와 준다면 무영으로선 오히려 고맙다.

이어 반대편에 무영이 앉았다.

머지않아 배승민이 차 한 잔을 더 타서 다가왔다.

"무영 님, 제가 직접 재배한 차입니다."

배승민이 찻잔을 조심스럽게 무영의 앞에 두자 그것을 보던 남자가 감탄을 쏟아냈다.

"놀랍군. 엘더 리치가 따르는 이라……."

엘더 리치.

감히 리치킹이라 불러도 손색이 없는 존재!

당연히 엘더 리치는 독자적인 영토를 가지고 있다. 왕으로 군림하며 누구의 밑에도 들어가지 않는 게 정상이다. 오히려 리치들을 비롯한 언데드를 모아 마왕들조차 위협하는 게 엘더 리치였다.

그럴진대 엘더 리치가 누군가를 따르고 있으니 기가 찰 수밖에.

"이분은 편의상 '아줄'이라 부르고 있습니다. 그리고 이분은 저의 주인이신 '무영' 님이십니다."

"특이한 이름이군."

남자, 아줄이 말했다.

아무래도 풀 네임은 배승민 또한 모르는 모양이었다.

상관은 없었다. 신용만 확실하다면 말이다.

"그럼 바로 거래에 들어가지요."

"천경을 넘고 싶다?"

"예, 그렇습니다."

"숫자가 얼마나 되지?"

무영은 지체 없이 말했다.

"육만이 조금 넘는다."

그 모두를 법보화시켜서 끌고 가진 무리다.

무영이 답하자 아줄이 턱을 쓸었다.

"육만의 군세라……. 거래 내용에 따라 그다지 어렵지는 않은 일이다."

"무엇을 바라지?"

"내가 바라는 건 특이한 것이다. 쉽게 볼 수 없으며, 얻을 수 없으며, 닿지 못하는 그런 것들을 나는 수집하거든."

한마디로 '신비'를 내놓으라는 말이다.

신비, 신비라.

무영 자체가 신비라고 할 수 있지만 자신을 넘기는 건 무리다.

그렇다면 무영이 가진 물건 중에 하나를 바라는 걸까?

"이거라면 충분할 것이다."

파멸의 하의를 꺼냈다. 바론을 소환할 수 있는 물건이었고 이만하면 누구라도 눈이 휘둥그레져서 욕심을 낼 법했다.

이미 무영은 킹슬레이어의 장비를 착용하고 있었기에 필요가 없었다.

하지만 파멸의 하의를 받은 아줄은 뭔가 섭섭하다는 표정이었다.

"2만. 이 물건이라면 2만의 숫자를 옮겨줄 수 있다. 나머지 4만은 안 돼."

"욕심이 많군."

"'천경'을 뭐라 생각하는 거지? 천경은 신격조차 잡아먹는 괴물이다. 그런 것을 무사히 넘는 데 이만한 대가는 당연한 것이다."

디아블로를 견제하는 괴물.

무영도 안다. 넘어가려면 막대한 출혈을 각오해야 할 것이다.

하지만 무영이 착용한 장비들을 넘길 순 없었다.

차라리…….

"이건 어떻습니까? '작은 혼돈'이라 불리는 물건입니다."

배승민이 구슬 하나를 넘겼다.

그것을 살피던 아줄이 고개를 끄덕였다.

"너를 엘더 리치로 각성시킨 물건인 모양이군. 내용물은 거의 없지만 매력적이야."

아줄은 구슬을 넣었다.

그러곤 이어서 말했다.

"좋다. 6만의 군세를 천경 너머로 옮겨주마. 3일 뒤, '검푸른 산'으로 와라."

스윽!

아줄이 자리에서 일어났다.

볼일을 다 봤다는 듯, 미련 없이 떠나갔다.

'드러나지 않은 마왕이라.'

게다가 홀로 다니는 마왕이라니, 좀처럼 보기 힘든 광경이다.

무영은 차를 다 마시고 자리에서 일어났다.

검푸른 산이라면 지금부터 준비해도 아슬아슬했다.

검푸른 산과 마신의 영역으로 가는 길은 비교적 가깝다.

산꼭대기에서 바라보면 마신의 영역이 보일 정도.

그리고…… 무영은 잠시 할 말을 잃었다.

크다.

끝없이 크다.

그 말밖에 나오지 않았다.

'천경.'

거대한 뱀이었다. 하늘 끝까지, 어쩌면 그 이상까지 닿은.

모든 걸 먹어 치우는 탐욕스러움이 느껴졌다. 비탄에 담긴 권능인 탐욕과도 비슷했다.

설마 천경이라는 게 저런 괴물이었을 줄이야. 하기야 저만한 괴물이 아니라면 디아블로를 막는 건 무리다.

디아블로의 불꽃은 근원과도 같기에 탐욕처럼 모든 걸 빨아들이는 힘이 아니라면 결코 막아낼 수 없었다.

더불어 몇 가지 권능의 힘이 느껴졌다.

루키페르가 가진 권능포식자가 그렇게 말하고 있었다.

하나의 마신이 아닌, 여러 마신이 힘을 합쳐 만들어낸 창조물.

배가 고프다는 듯 무영을 졸랐지만 무영은 고개를 저었다.

저 뱀은 자아가 없다. 그저 앞에 있다면 먹어 치울 뿐이다. 자아가 존재했다면 또한 디아블로를 막지 못했을 것이기에.

그렇다면 굳이 건드릴 필요는 없었다.

뚜벅!

머지않아 한 남자가 등장했다.

완전 무장을 한 아줄이었다.

확실히 무장은 예사롭지 않았다. 무영에게 밀리지 않을 수준의 장비들이 즐비했다.

"대단한 군세로군."

아줄은 혼자였다.

그는 산 아래에 결집한 무영의 군세를 보곤 감탄을 흘렸다.

6만의 숫자. 마왕군에겐 그다지 많은 숫자도 아니다.

하지만, 그 6만의 숫자 하나하나가 예사롭지 않은 이로 구성되어 있었다.

실제로 무영도 자신이 있었다.

어지간한 마왕군에 비견할 바가 아니다.

최상위라 칭해지는 마왕들의 군세와 맞붙어도 쉽게 지지는 않으리라.

그것을 아줄도 보고 깨달은 것이다.

그 순간이었다.

─단탈리안의 냄새가 나는구나!

지옥도의 문을 열고 갑자기 멀더던이 튀어나왔다.

멀더던은 성이 난 듯 빠르게 아줄의 주변을 돌았다.

하지만 멀더던이 뱉었던 말 중 한 단어가 귀에 거슬렸다.

단탈리안?

무영은 잠시 의아해했다.

멀더던은 과거 단탈리안에게 속아서 죽었다. 바다의 왕이라는 이름답지 않게 자신이 죽은지조차 모르고 죽었다. 허무한 결말이었다.

한데 아줄의 반응이 심상치 않았다.

"……나와 그 빌어먹을 놈을 엮지 마라."

아줄의 표정이 썩었다.

진심으로 질색하는 게 겉으로 튀어나올 정도다.

혐오.

아줄은 단탈리안을 혐오하고 있었다.

무영은 단탈리안과 직접 마주한 적이 없기에 멀더던 정도로 기운을 읽을 수 없다. 하지만 직접 마주한 멀더던의 말이니 틀리진 않을 것이다.

"단탈리안과는 무슨 관계지?"

하여 묻지 않을 수 없었다. 모든 걸 묻고 거래에만 집중하자고 했지만, 그 대상이 단탈리안이라면 이야기가 다르다. 거짓과 진실의 화신. 그에게 현혹되는 순간 혼을 잃는다고 한다.

만약 아줄이 단탈리안과 관계되어 있다면 거래 자체를 다시 생각해야 할 수도 있었다.

아줄은 한숨을 내쉬었다.

"더 이상 숨겨봤자 의미는 없을 것 같군. 그래, 나는 놈의 가신이었다."

가신. 한마디로 단탈리안의 마왕이라는 말.

무영의 눈썹이 살짝 들렸다.

단탈리안은 혼자인 줄 알았다. 한데 따르는 마왕이 있었다니?

"그런 눈으로 쳐다보지 마라. 단탈리안의 거짓이 지긋지긋하여 떠났으니까."

"마왕이 마신을 떠나도 되는 건가?"

"애당초 마왕이란 해당 마신의 힘에 매료되어 모여든다. 매료될 힘이 더 이상 존재하지 않으면 떠나는 것도 당연하지. 너도 알지 않은가?"

아줄은 무영을 자신과 같은 마왕으로 생각하고 있었다.

그다지 틀린 생각은 아니었다.

무영은 한창 마왕의 기로에 놓여 있었고 그 성향 자체가 마왕과 가까웠기 때문이다.

그나저나……

'마왕과 마신의 관계.'

처음으로 가지는 관점이다. 마왕들의 신분은 어찌 보면 용병, 혹은 자유 기사에 가까운 듯했다.

그렇다면 마왕들은 마신에게 무엇을 받고 모이는지.

한 번쯤은 생각해 볼 만한 주제 같았다. 하지만 지금은 그보다 급한 게 있었다.

"단탈리안은 어디 있지?"

가장 먼저 사냥할 마신 1순위가 단탈리안이다.

무영의 직설적인 화법에 아줄이 몸을 돌렸다.

"나도 모른다. 세상 어느 누구도 그의 위치를 특정할 순 없다."

바람과 같다는 뜻일까.

무영도 더 묻지는 않았다.

단탈리안의 과거 가신이었던 자. 과연 그의 말을 신용하여 저 하늘까지 닿은 천경을 뚫어내느냐, 아니면 지금이라도 머리를 돌리느냐의 기로였다.

"그래서 어쩔 셈이지? 신용이 안 된다면 지금이라도 돌아가도 좋다. 물론, 이미 내놓은 걸 돌려받을 생각은 마라."

"가지."

무영은 결정했다.

어차피 천경을 억지로 뚫어내는 건 막대한 희생이 따른다.

저 뱀은, 그런 존재다.

자아도 없고, 신경도 없고, 그렇지만 무한히 먹어 치우며 증식하는.

천경에게 주어진 목표는 오로지 하나. '보이는 모든 걸 먹어 치워라'일 터였다. 그랬기에 디아블로의 진군조차 막을 수 있었던 것이고.

"그럼 저녁까지 기다려라. 저녁이 되면 놈에게 '맹점'이 생긴다."

아줄이 팔짱을 꼈다.

무영은 저 멀리 있는 천경을 바라봤다.

'인공생명체의 끝을 보는 것만 같군.'

누가 만들었는지는 모른다. 하지만 느껴지는 격 자체가 남달랐다. 만약 저 괴물을 해부할 수만 있다면, 무영의 지식도 가파르게 상승할 것이었다.

언데드를 더 강하게 만드는 데 도움이 될지도 모른다.

"이쪽으로 다가오던 여자 둘을 발견했습니다. 어찌할까요?"

잠시 외유를 나갔던 배승민이 돌아왔다.

칠흑의 망토. 엘더 리치가 되면서 배승민의 인식 범위도 넓어졌다. 무영도 아주 희미하게 감지했었던 기척을 잡고 생포까지 한 모양.

대강 그 두 여자라는 게 누구인지 짐작이 갔다.

"생포해서 데려와라."

"예."

스슥.

배승민의 신체가 감쪽같이 사라졌다.

무영은 살짝은 궁금증이 담긴 눈빛으로 저 먼 곳을 바라봤다.

'엘더 리치와 하이엘프의 대결이라……'

그 결과가 살짝 궁금하기도 하였다.

아인은 최고위의 하이엘프다.

어지간한 용종과는 비교도 안 될 힘과 성스러운 위치를 지녔으며 그 격은 고대용과도 비견될 정도다.

달의 길을 걷는 자이기에 몸을 숨기는 방법에 대해선 타의 추종을 불허한다.

"대체 저 괴물들은 뭘까요? 알 수가 없군요."

"빠?"

아인과 스노우가 망령들의 행렬을 바라보고 있었다.

아인은 본래 빛의 용 샨달톤의 영지에 살아가는 부족의 구성원이었다. 당연히 그 성향상 '빛'에 가까울 수밖에 없다.

부족의 부흥과 안전을 위해 무영을 따라왔다지만, 무영은 거의 한 달이 넘는 시간 사라져 있었고 온갖 괴물과 함께 출현했다.

'괴물들을 데리고 마신의 영역으로 가서 무엇을 할 작정이지?'

현세의 지옥……. 이후 무영이 행한 행동들은 아인에게 의문을 가져다주기에 충분했다. 그래서 더더욱 쉽게 따를 수가 없었다. 스노우를 데리고 몸을 감춘 이유다.

"빠아아……."

스노우가 손을 뻗었다. 그것을 아인이 막았다.

"안 됩니다. 당신같이 순수한 분은 자칫 잘못했다간 악에 물들 수 있어요. 그의 의도를 파악하기 전까진 저와 함께 있어야 해요."

아인은 스노우의 내면에 감춰진 힘을 읽었다. 어떻게 성장하느냐에 따라서 압도적인 존재가 될 수 있음을 알았다.

하지만 만약 무영이 진정으로 '악'이라면?

스노우는 물들 것이고 그와 함께 세상은 파멸의 길을 걷게 될 것이다.

그것만큼은 안 된다. 세상이 파멸하면 부족의 부흥도 다 부질없는 일이었다.

하지만 그렇다고 멀리 떠날 수도 없었다.

진정한 그의 의도를 파악해야 했다. 그래서 몸을 숨긴 채 뒤를 미행하고 있었다.

하이엘프의 권능, 달의 그림자를 이용해서 말이다.

스으윽!

아인이 눈을 치켜떴다. 바로 앞에서 어둠이 일렁이며 리치 한 구가 나타난 것이다.

어느 순간 무영과 합류한 리치. 아인과 스노우 둘 다 처음 보는 이였다.

좌아아아앙!

리치가 든 지팡이가 울음을 토해냈다.

'들켰다.'

아인의 행동이 빨라졌다. 급히 스노우에게 보호막을 씌우고 단검을 들었다. 일순 단검에 달의 정령이 깃들며 빛이 일었다.

쿵!

단말마와 같은 소리.

푸수수수숙!

검은 불길이 치솟았다.

하나, 둘, 셋…….

땅에 구멍이 뚫리고 솟구치는 불꽃의 숫자가 기하급수적으로 늘어났다.

샤라랑!

아인이 귀걸이를 한 차례 매만졌다. 그러자 아인의 모습이 거대한 하얀색의 독수리로 바뀌었다.

날개를 퍼덕일 때마다 강렬한 바람이 불며 불과 맞섰다.

그러자 리치가 바닥에 지팡이를 박았다.

반경 수 ㎞가 어둠에 물들며 그 속에서 검은 손들이 뻗어나와 아인을 잡고자 움직였다.

수천, 수만 개의 검은 손을 아인이라고 모두 피할 순 없었다.

까아악!

아인이 입을 크게 벌렸다. 곧 하얀색의 빛 입자가 수없이 가열하며 작렬했다.

검은 손들이 다가오던 와중 사라졌으나, 그럼에도 모든 손을 제거하진 못했다.

발목을 잡힌 아인이 점점 지상으로 떨어졌다.

"흠."

리치는 지팡이를 쥐고 허공에 한 바퀴 돌렸다. 마치 무언가의 문을 열듯이 말이다.

그러자 쿠쿵! 소리와 함께 허공에서 거대한 검은색의 문이 생겨났다.

이윽고 문이 열리며 검은 박쥐들이 튀어나왔다.

끼긱! 끼기긱!

그 숫자는 헤아릴 수가 없이 많았다.

아무리 제거해도 아인의 곁에 따라붙었다.

아인의 날개를 갉아먹고 깃털을 뽑아냈다.

하지만 아인은 최상위의 하이엘프. 고작 검은 박쥐들 따위에 쓰러지지 않는다.

쿠쿵!

리치, 배승민은 문을 하나 더 열었다.

"대단하군요. 한 명을 상대하는 데 두 개의 문을 사용한 건 오랜만입니다."

수아앙!

문이 열리자 질척이는 그림자의 괴물들이 모습을 드러냈다. 그것들을 본 아인은 기겁할 수밖에 없었다.

'그림자 죄수!'

공허에 존재하는 괴물들을 어찌 일개 리치가 소환할 수 있단 말인가!

그림자 죄수는 철퇴를 손과 발에 칭칭 감고 있었다. 하지만 철퇴는 자유자재로 그 길이를 늘릴 수가 있었다.

수백의 그림자 죄수가 튀어나와 아인을 향해 마치 낚시를 하는 것 마냥 철퇴를 던졌다.

그 힘과 속도는 무시할 수 없을 정도.

특히 박쥐를 피하면서 철퇴까지 피하긴 어려웠다.

기아아아악!

수많은 공방 끝에 결국 아인의 몸이 철퇴에 감겼다.

털썩!

변신을 푼 아인이 지상에 몸을 드리웠다.

배승민은 슬쩍 고개를 돌려 부들부들 몸을 떠는 스노우를 쳐다보다가 살짝 고개를 숙였다.

"제 주인님께서 뵙고자 하십니다."

무영은 반쯤 포박당한 채 딸려온 스노우와 아인에게 시선을 주었다.

"빠! 빠아!"

스노우는 손이 묶인 채로 열심히 다가와선 무영의 다리에 얼굴을 비볐다.

그와 반대로 아인의 표정은 한참이나 어두워졌다.

"대체 무엇을 하시려는 거죠?"

"무엇을? 무슨 말이지?"

"이 수많은 괴물로 파괴를 자행하고, 하물며 한 명은……
마왕이 아닙니까."

아줄을 뜻함이었다.

무영은 어깨를 으쓱했다.

"너를 설득시킬 생각은 없다. 떠나려면 떠나라."

아인의 무력은 아깝지만 또한 돕지 않겠다면 필요 없는 힘
이었다.

"당신의 의도를 전혀 짐작할 수가 없습니다."

"마신의 영역으로 갈 것이다. 하이엘프가 버티기엔 그다
지 좋지 않은 장소지."

문전박대다.

하지만 아인은 입술을 깨물었다.

"저는…… 스노우를 따라가겠습니다."

"스노우를?"

"그녀가 당신에게 물들면 안 되니까요."

아인은 스노우에게 잠든 힘이 얼마나 대단한지 알았다.

단순 잠재력은 무영과 비견할 수 있을 정도.

하나 그 힘이 물든다면 너무나도 거대한 악이 되어버릴 터
였다.

그것만큼은 막아야 한다.

무영도 아인의 눈에 담긴 결사의 의지를 읽었다.

스노우가 물든다는 표현. 그만큼 경각심을 가지고 있다는 뜻이다.

스노우는 과거 성녀였고, 지금은 미지의 존재가 되었다. 하지만 한 가지 확실한 건 마왕이나 마신들에게 대항하는 데 힘을 보태리란 것이다.

그리고 그들에게 대항하고자 한다면, 무영에게 물들면 안 된다. 이는 무영도 동의하는 바였다.

"마음대로 해라."

무영은 시선을 올렸다. 하늘이 조금씩 어둠에 잠겨가고 있었다.

약속한 시간이 되었다.

아줄이 안내한 천경의 맹점.

한마디로 천경이 인식하지 못하는 장소에 아줄이 발을 들였다.

"천경은 14일에 한 번 탈피를 한다. 자기 껍데기도 먹어 치우는 무식한 녀석이지만 덕분에 14일에 한 번씩 이처럼 맹점이 생긴다."

탈피를 하는 데 힘을 사용해서다. 그래서 미처 신경 쓰지 못하는 부분이 생겨나는 것이다.

"아직 성체가 아니란 말인가?"

무영이 묻자 아줄이 고개를 끄덕였다.

"놈은 계속 성장한다. 모든 공격에 적응하고 진화하기 때문에 무섭지."

그렇다면 디아블로의 공격마저 버티도록 진화한 듯싶었다.

아줄은 천경이 탈피한 껍데기에 구멍을 뚫었다.

"천경이 껍데기를 다 먹어 치우기 전에 이동해야 된다. 시간이 맞을지는 모르겠지만…….."

아줄이 무영의 군세를 훑었다. 무영이 대동한 군세의 숫자가 너무 많았다.

"지금부턴 숨 쉬는 소리도 내지 마라."

아줄은 경고와 함께 빠르게 이동했다. 구멍을 뚫고 반대편으로 나아갔다.

무영과 무영의 군세 또한 조금 더 발을 놀렸다.

삐이이이이익!

그 순간이었다. 어디선가 호루라기를 부는 소리가 들렸다.

"이런 젠장할!"

아줄의 표정이 다시금 구겨졌다.

크르르르르르릉!

대지가 흔들렸다. 천경이 움직이기 시작한 것이다. 다행스럽게도 그 목표는 무영이 아니었지만 무언가가 천경을 공격하기 시작했다.

쾅! 콰쾅!

폭탄이 터지고 세상이 화염에 잠기는 듯했다.

"공격!"

저 멀리서 그와 같은 목소리가 들렸다.

말을 탄 기사가 수십의 서로 다른 이종족을 이끌며 천경을 공격하는 중이었다. 하지만 천경에겐 전혀 타격을 주지 못했다.

하나 무영은 움직이는 천경보다 말을 타고 천경을 공격하는 이에 주목했다.

'발탄.'

영토 수호자 발탄!

무영이 되살린 언데드. 마신의 영역에 있었던 영지를 수호하도록 명을 한 바가 있었다.

한데, 발탄이 왜 이런 곳에서 천경을 공격하고 있단 말인가?

53장
철의 마왕 엔로스

그나마 다행인 점이라면 천경이 탈피를 막 끝냈다는 정도다. 탈피를 하는 모든 종은 탈피를 끝낸 직후 약해지게 마련이다.

실제로 천경의 움직임이 생각보다 굼뜨다. 그 어마어마한 크기와 압도감은 여전했지만 발탄은 시기적절하게 치고 빠지기를 반복했다.

발탄 역시 일부러 탈피 때를 노린 모양이었다.

"……차라리 잘됐다. 천경이 저놈들을 다 잡아먹기 전까지 모두 이동해야 된다. 아마도 가능할 것이다."

마치 주문을 외우는 것처럼 아줄이 말했다. 천경에 대한 본능적인 공포와 같은 게 있는 것 같았다.

마왕인 그가 전율할 정도이니 그만큼 천경의 위력이 대단하다는 것일 테다.

"무영 님."

배승민이 말했다. 그 역시 발탄을 알고 있었다.

배승민이 무영을 부른 건 다른 이유가 아니다. 발탄을 도울 것이냐는 물음이다.

"뭐 하는 거냐? 쓸데없는 생각 말고 움직여라. 천경이 막 탈피를 끝마쳤대도 저놈들은 절대로 천경을 당해낼 수 없으니!"

천경의 공격은 단조로웠다. 거대한 몸집을 앞세워 앞에 있는 모든 걸 먹어 치우는 것. 발탄도 시기적절하게 정말 신들린 듯 병종을 운용하곤 있지만 그것도 한계가 있었다.

실제로 피해가 나오기 시작했다.

천경이 꼬리를 말아 서서히 압박해 오자 사방에서 모래의 해일이 불어 닥치기 시작한 것이다.

"배승민, 모두를 데려가라."

"저도 돕겠습니다."

"아니, 나 혼자면 족하다."

무영은 날개를 펼쳤다.

천경…… 사생결단을 낼 생각까진 없다.

시간만 끌면 된다.

발탄에겐 궁금한 게 많았다. 그를 위해서라도 살려야 했고 무엇보다 디아블로조차 막았다는 천경의 위력이 조금은 궁금했다.

마침 탈피를 끝낸 직후라 힘이 많이 격감되었다는 걸 알았으니 적당히 간은 볼 수 있을 터였다.

"미련한 놈······!"

아줄이 혀를 찼다.

하지만 그는 철저한 거래자다. 도울 생각 따윈 조금도 없다. 그저 약속대로, 거래대로만 움직이는 게 그이기 때문이다.

무영이 공중을 날았다.

스릉!

비탄을 꺼내 거룩한 불꽃을 씌웠다.

강력한 저주의 힘과 거룩한 불꽃이 서로 섞인 순간 무영은 그것을 천경에게 쏟아냈다.

콰아아아아아아아아앙!

거대한 굉음.

천경의 몸이 살짝 흔들렸다. 그러나 천경은 비명조차 지르지 않았다.

그냥 조금 긁힌 수준?

'불에 대한 완전 면역. 디아블로의 완벽한 대비책이군.'

일단 거룩한 불꽃은 아무런 타격도 주지 못했다. 정작 타격을 준 건 저주다. 하지만 그 저주의 힘조차 격감됐다.

아마도 마신들이 술수를 쓴 거겠지.

그나마 타격을 준 건 비탄에 새겨진 진마의 저주가 그만큼 강한 덕이다.

하지만 무영은 그 두 개의 힘 외에도 여러 가지 능력을 지녔다.

사실상 무영만큼 다채로운 능력을 지닌 이도 없을 것이었다.

가브리엘의 날개를 활짝 펼치자 7,777개의 깃털이 허공에 띄워졌다.

콰콰콰콰콰콰쾅!

무수하게 작렬하며 터진다. 그러나 순수한 신성력의 폭발이다.

그어어어어어!

처음으로 천경이 비명을 내질렀다.

통한다.

천경은 지극히 단순한 생물이니만큼 무영에게 시선을 돌렸다.

'신성력에 대한 방비는 안 되어 있군.'

적어도 순수한 신성력에 대한 대책은 없는 듯싶었다.

하기야 마신들이 만들었다면 극상성인 신성력을 어찌 부여하겠는가.

무영은 비탄을 내려다보았다. 비탄엔 신성력이 제대로 섞이지 못한다.

대신…….

철컥!

무영이 심장 부근에 손을 대자 무언가가 만져졌다.

그것은 한 자루의 창.

신을 죽이는 창…… 가브리엘의 무기다.

가브리엘의 창은 무영에게 섞인 모든 '마'를 중화시키고, 타락하지 않게 만들며, 루키페르를 견제하는 수단이었다.

어쩌면 디아블로의 불꽃보다도 더욱 '상위의 격'을 지닌 물건이 이것이다.

진정한 오리지널. 보물 중의 보물.

천경은 이 창의 격마저 대비할 수 있을까?

무영은 처음으로, 잠시 그 창을 뽑았다.

지아아아아아아앙!

일순 무영의 심장 부근에서 강렬한 빛이 뿜어졌다.

그 빛은 어둠으로 물든 마신의 영역마저 환하게 밝힐 정도의 빛이었다.

환한 빛을 보고 아줄은 고통을 느꼈다.

전신이 따갑다.

이러한 격통은 오랜만이었다.

이에 몸을 살짝 굽히고 하늘을 우러러보자 거대한 여섯 장의 날개를 펼친 '놈'이 있었다.

무영이라 했던가?

'마왕이 아니었던가.'

무영을 처음 만났을 때 놈에게서 풍기는 강렬한 마의 냄새를 맡았다.

모든 마왕이라면 으레 가지고 있는 그러한 독특한 분위기도 있었다.

하지만, 신성력을 사용하는 마왕에 대해선 들은 바가 없다.

'천사는 아니다. 그럴 수는 없다.'

마계엔 천사가 없다.

인류만 아는 사실이 아니다.

마족들 역시도 같은 생각을 가지고 있었다.

이곳은 마계였고, 마가 태동하는 곳이었기에.

하지만, 그렇다면 저기서 느껴지는 저 신성함은 뭐란 말인가.

인간들, 혹은 몇몇 이종족의 사제가 사용하는 그러한 신성력과도 거리가 멀었다.

조금 더…… 조금 더 근원에 가까운 느낌.

천경에겐 치명적인 약점이 하나 있었다.

그것은 '세계에서 유일한 힘' 앞에 무력한 모습을 보인다는 것이다.

특수력이라고도 한다. 세계력이라고도 하고. 불리는 이름은 많다.

하여간 디아블로의 불꽃조차 그 세계력엔 도달하지 못했다.

디아블로의 불꽃이라면 분명히 유일해야 할 힘이건만, 유일하지 않다는 뜻이었다.

무영이 디아블로의 불꽃을 흡수해서임을 아줄은 알 턱이 없었고, 덕분에 천경이 이처럼 당하고 있는 모습은 처음으로 보았다.

그어어어어어!

천경의 거대한 몸집이 뒤틀렸다. 그럴 때마다 천지가 요동을 쳤다. 세상이 멸망하는 것만 같았다.

거대한 모래의 해일과 강풍.

그럼에도 오롯이 서 있는 저 존재에 관해, 저 거래자에 대해 아줄은 처음으로 호기심을 가졌다.

이는 여태껏 한 번도 없었던 일이다.

하지만…… 부족하다. 무영은 왜인지 저 힘을 다루는 데 있어서 익숙하지 않은 모습을 보였다.

"휩쓸리기 싫으면 따라와라. 네가 가 봤자 도움이 안 될 것이다."

아줄은 배승민에게 말했다.

확실히 배승민은 엘더 리치로서 엄청난 위용을 발휘하지만 천경에겐 안 통한다.

상대가 천경만 아니었다면 지금 이 군세와 배승민은 톡톡히 활약을 했을 것이었다.

하지만 상황이 달랐다.

"알겠습니다."

배승민도 그를 잘 알았다.

자신도 분명히 강해졌다. 과거와는 비교하지 못할 정도로 격을 쌓아 올렸다. 하지만, 무영은 그런 배승민보다 몇 발자국 더 앞으로 나아갔다.

이 차이를 쉽게 좁힐 수 있을 것 같지가 않았다.

발탄은 지휘관으로서의 능력이 출중했다. 당연히 눈치도 빨랐으며 전황을 읽는 눈도 탁월하였다.

무영이 전하고자 하는 메시지를 읽어내곤 후퇴를 시작한 것이다.

재회의 기쁨보단, 지금은 물러날 때였다.

"퇴각하라!"

드워프가 만든 각종 무기들을 챙기며 발탄과 휘하 병력들이 전장을 이탈했다.

쿵! 쿠르르르릉!

전장에서 멀어질수록 굉음은 더욱 심해졌다.

신들의 싸움이 이러할지.

'내가 잘못 본 게 아니라면…….'

하지만 발탄은 의식할 수밖에 없었다.

그를 본 순간, 끊어졌던 연결이 다시금 시작되었음을 느낀 것이다.

"방금 그건…… 영주님 아니십니까?"

엘프 한 명이 다가와선 말했다.

비록 몇 가지 바뀐 부분이 있지만, 방금 그건 영토의 주인인 무영이 분명했다.

비단 발탄만 그리 생각하는 게 아닌 모양이었다.

"영주님이 살아계셨다니."

"그, 그렇다면 이 전쟁을 끝낼 수도 있겠군."

"드디어, 드디어!"

휘하의 병졸 모두가 기뻐했다.

하지만 발탄의 표정은 좀처럼 펴지지 않았다. 살아 있었다면 왜 2년이 넘도록 연락이 두절되었던 것인가.

왜 영지를 놔두고 사라졌던 것인가……

그의 부재로 인해 영지는 많은 아픔을 겪었다. 그만큼 성장했지만 그렇기에 야속할 수밖에 없었다.

쿵!

굉음은 연속으로 울려 퍼졌다. 하지만 마지막 굉음을 끝으로 조용해졌다.

그렇게 십수 초가량이 지났을까.

"오랜만이군."

무영이 나타났다.

날개를 펼친 채 가공할 속도로 다가온 것이다.

"영주님을 뵙습니다."

발탄은 무릎을 꿇었다.

야속하다고는 하나, 발탄은 기사다. 영토의 수호자다. 그리고 그의 주인은 여전히 무영이 맞았다.

발탄이 무릎 꿇자 주변 모든 이가 행동을 같이했다.

"묻고 싶은 게 많다. 하지만…… 먼저 장소를 이동하지. 잠시 후면 천경이 깨어날 것이다."

무영의 말투에서조차 살짝 지긋지긋한 감이 섞여 있었다. 그만큼 천경과의 전투가 끔찍했다는 방증이었다.

"예."

발탄을 고개를 끄덕였다.

무영은 이마를 손등으로 긁으며 날개를 접고 이동하기 시작했다.

가브리엘의 창은 확실히 대단했다.

그 어느 것보다 강력했다.

하지만 무영은 가브리엘의 힘을 쓰는 데 익숙하지 않았다. 빨아들이는 힘 역시 대단해서 좀처럼 회복이 어려울 것 같았다. '뿔'을 사용하여 가속할 때와는 전혀 다른 기분이었다.

'자제해야겠군.'

천경을 잠시 기절시킬 수 있었다.

그러나 역시 대단한 타격은 줄 수 없었다. 탈피를 막 끝마치고, 피부가 약해진 틈이라 그나마 기절시키는 게 가능했던 것이다.

하지만 이 이상 전투를 끌어 나가면 무영조차 위험하다.

왜 마신들조차 만들고 멀리하는지, 디아블로가 경계를 못 넘고 있는지 알 수 있는 대목이었다.

하여 무영은 다음을 기약하며 자리를 피했다.

그나마의 성과라면 놈의 피부와 살점을 채취하는 데에는 성공했다는 것이다.

'이걸 연구하면 조금은 성과가 나오겠지.'

특이한 이물감이 들었다.

여태껏 한 번도 보지 못한 종류의 피부와 살점이었다. 일반 생명체가 가진 것과는 거리가 멀었다.

연구를 진행하여 성과를 내면 언데드를 강화시키거나 다른 수로 사용할 수 있을 것이다.

어쩌면 마신들에 대해 더 다가갈 수 있을지도 모른다.

하여간 채취를 끝내고, 무영은 당장 발탄에게 다가갔다.

이후 군세를 이끌고 다시금 영지를 찾았다.

아줄은 영지를 보곤 부리나케 떠났다. '내가 필요할 땐 리치에게 말하면 될 것이다'란 말을 남기고 말이다. 하지만 무언가 불길한, 허겁지겁 떠나는 느낌이 있었다. 와선 안 될 곳에 발을 디딘 느낌과도 같았다.

아줄의 그런 반응에 약간의 의아함을 느꼈지만 무영은 대수롭지 않게 넘겼다.

"영지가 많이 커졌군."

"2년 전과 비교하면 세 배 정도 될 것입니다. 그만큼 숫자도 많이 늘었지요."

무영은 성으로 가는 길 중앙을 걸었다.

그 뒤로 무영의 군세가 따르고 있었다.

그리고 주변에서 그런 무영을 쳐다보는 시선이 많았다.

"유독 아이가 많은 것 같은데?"

"전쟁이 있었습니다. 아니, 현재도 진행 중이지요. 어른이 많이 죽었습니다. 물론 살아남은 자들은 그만큼 강합니다."

"현재도 진행 중이다? 상대가 누구지?"

발탄은 성 앞에 잠시 섰다.

영주성은 전보다 더욱 커졌고 휘황찬란했다.

꾸준히 관리를 하는지 먼지 한 톨 없어 보였다.

그 앞에서 발탄이 긴장하며 말했다.

"철의 마왕 엔로스. 저희는 그와 전쟁 중입니다."

철의 마왕 엔로스!

그 이름에 무영도 반응할 수밖에 없었다.

최고급의 마왕을 분류하는 데에는 세 가지 기준이 있었다.

세븐 마운틴.

식스 로드.

파이브 스타.

도합 18인.

밑으로 갈수록 강력하며 특히 마지막 다섯은 '벽'과도 같았다.

그들이야말로 마왕들의 왕이라 할 수 있었으며 마신의 바로 아래에 군림한다.

그리고 철의 마왕 엔로스라면…….

'다섯 개의 별 중 하나.'

가장 강력한 마왕으로 손꼽히는 자!

아줄이 유독 급하게 떠난 이유를 알 것 같았다.

게다가 그 이름은 마왕들 스스로가 붙인 게 아니다. 바알이 열여덟의 마왕을 기리며 붙여준 것이었다.

그들은 그만큼 존중받을 가치가 있었고, 그 이름만큼이나 강력했으며, 그보다 더 많은 군세를 지니고 있었다.

한데 엔로스와 전쟁을?

"어떻게 버텨낸 거지?"

무영은 묻지 않을 수가 없었다.

영지의 잠재력은 분명히 컸다. 어지간한 도시는 따라오지 못할 정도로. 그만큼 수가 많고 서로 다른 이들이 모여 만들어졌기 때문이다.

하지만 엔로스에 대항할 정도는 아니다. 냉정하게 따지면 단박에 몰살을 당해야 정상이었다.

한데 영지를 보니 오히려 과거보다 더욱 번성한 상태다. 전쟁이 있었다고 하더라도 영지 자체가 늘어났으며 인구 또한 증가했다.

뿐만인가.

남아 있는 자들의 실력은 일취월장하였다. 어지간한 상급의 괴물들도 이들 하나하나에 못 미칠 수준이니 말은 다했다.

무영이 귀환했으나, 크게 반기는 분위기는 아니었다.

말도 없이 2년 넘도록 사라진 영주. 그리고 시작된 전쟁이라면 당연히 분위기가 나쁜 것도 이해는 되었다.

그래도 일말의 희망 어린 시선이 담겨 있었다. 무영이 이끌고 온 군세는 확실히 보탬이 되리라고 본 것이다.

발탄은 고개를 저으며 성으로 무영을 안내했다.

"올라가서 전부 말씀드리겠습니다."

성 내부는 무영의 기억과 다를 바 없었다.

우선 깨끗하게 청소가 되어 있었다. 그대로 방치되진 않았다는 뜻. 이로 말미암아, 영주에 대한 신뢰 같은 게 아주 바닥까지 떨어지진 않은 듯싶었다.

'혼의 동화……'

무영은 영주의 좌에 앉아 발탄을 바라봤다.

발탄은 앞에서 한쪽 무릎을 꿇고 있었는데, 그의 영혼이 다시금 선명하게 보이기 시작했다.

그동안 끊겼던 연결이 시작됐음을 알리는 징표.

이로써 발탄은 재차 무영의 가신이 됐다. 영토의 수호자. 무영이 만들어낸 언데드로서의 기능과 권한을 되찾은 것이다.

이름: 발탄

레벨: 445

성향: 가디언 나이트

힘 447(427+20)

민첩 355(335+20)

체력 498(478+20)

지능 320(300+20)

지혜 345(325+20)

굳건함 483(463+20)

+검에 대한 높은 이해도

+전투에 대한 높은 자질

+영토수호자(지정된 영토 내에선 모든 능력치+20)

+수호의 함성(영토 내, '아군'의 강인함 소폭 상승)

+성장 가능성(지키는 전투를 할 때마다 성장한다.)

+와신상담(臥薪嘗膽)

+높은 보존율(높은 자율 의지)

뚫어지도록 쳐다보자 관련된 상태창이 떠올랐다.

'과연.'

놀라울 정도로 성장했다. 느끼곤 있었지만 실제 수치로 보니 또 색다르다.

이 정도면 어지간한 최상급의 마수라고 보아도 무방하리라.

발탄의 성장조건은 오로지 하나. 지키는 전투를 행했을 때였다.

지난 2년간 쉴 새 없이 전투를 치렀기에 이만한 성장도 가능했던 것이다.

하지만 그렇다 해도 비정상적일 정도로 빠르다.

'무언가가 있었군.'

단순한 전투만으로는 힘들다.

기연을 만나지 않고선 말이다.

"말해보아라."

무영은 물었다.

그러자 발탄이 고개를 들었다.

"영주님이 사라진 직후에도 저희는 영지를 계속해서 늘려갔습니다. 영지가 커질수록 소문이 돌았고 수많은 종족이 합류했으며 그만큼 강력해졌지요."

마신의 영역에서 이종족들이 모여 살아간다!

그 소식에 기대는 이가 분명히 많을 것이었다.

아무리 마신의 영역이라 할지라도 모두 험악한 괴물만 있는 건 아니었으므로.

힘을 모아야 한다는 생각을 가진 자들이 영지로 몰려와 번성한 것이다.

"그리고 어느 정도 규모가 커지자 이번엔 던전에 이상이 생겼습니다."

던전. 멀더던의 왕궁이자 멀록들이 살아가는 곳을 뜻함이다.

"무슨 이상을 말하는 거지?"

"멀록들의 형태가 바뀌고 던전은 경계가 사라졌습니다. 특정 장소에 도달하면 '현인'들이 모여 있는 곳에 도착해 그들에게서 수련을 받을 수 있게 되었습니다."

현인들?

무영이 잠시 의아해하자 멀더던이 튀어나왔다.

─고대의 현인들을 말하는 모양이로구나. 하지만 그들은 모두 죽었을 터인데? 내가 죽으면서 그들 또한 힘을 잃었으니.

"맞습니다. 모두 석상의 모습이었지요. 하지만 사념은 남아 있었습니다. 덕분에 저를 비롯한 이종족의 전사들의 무력은 가파르게 상승할 수 있었습니다."

현인들의 만남 자체가 기연이었다는 뜻이다.

─허어, 정말 다행이군. 그들은 실로 대단한 자들이었다. 내가 폭정을 한 탓에 그들이 멀리 떠나 버렸지만, 그러지 않고 내 곁에 있었다면 단탈리안의 같잖은 수에는 당하지 않았을 것이야. 오히려 반대로 단탈리안이 당했을 것이다.

멀더던은 짙은 회한을 남기며 말했다.

단탈리안도 마신이다. 그 일신의 무력이 범상치는 않을진 대 반대로 칠 수도 있었을 것이란 말을 자연스럽게 한다. 그만큼 생전 현인들의 힘이 대단한 듯싶었다.

하여간, 무영이 묻고자 하는 건 그 이후였다.

"엔로스와는 어떻게 엮이게 된 거지?"

"악마들이 파벌 싸움을 하고 있다는 사실을 아십니까?"

"안다."

"그들은 빠르게 정복 전쟁을 벌이고 있습니다. 엔로스 역시 수많은 지역을 자신이 것으로 만들려고 하고 있지요. 지금 이 영지는 그중 하나입니다."

아아, 엔로스와의 전면전은 아닌 모양이었다.

하기야 그랬으니 2년간 버틴 것이겠지만…….

'정복 전쟁이 시작됐다.'

무영은 발탄의 그 말을 곱씹었다.

빠르다. 대혼돈이 시작된 직후에야 움직이기 시작했던 게 아닌가.

디아블로와 천경. 기타 등등으로 인해서 변수가 생겼다.

그리고 그 변수는 모두 무영이 만든 것이나 진배없었다.

'나는 변수에 대항할 힘을 손에 넣었다.'

하지만 무영도 놀고만 있지는 않았다. 변수가 생겼지만, 그만한 힘도 얻었다.

아직 미래가 결정되지 않은 만큼 새로 써나갈 수도 있을 터였다.

"엔로스의 휘하에는 네 명의 마왕이 더 있다. 그중 누가 왔는지 알고 있나?"

마왕은 마왕을 부릴 수 없다.

그게 정석이지만, 상위의 열여덟 명은 다르다. 특히 엔로스의 사천왕은 유명했다.

"샤르−샤쟈르. 그가 십만의 악마를 이끌고 있습니다. 그나마 저희 영지는 버티고 있지만, 불타르들은 거의 전멸 직전입니다."

"불타르들과 힘을 합친 게 아닌가?"

"그들은 자존심이 매우 강합니다. 영주님이 안 계셔서인지 저와는 협상 자체를 하려고 하지 않더군요."

무영은 고개를 끄덕였다.

불타르들이야 말로 본래 이 지역의 주인이었다.

거대한 불꽃의 거인. 포식자.

어지간한 악마들도 피해가는 게 불타르지만 엔로스의 사천왕이라면 이야기가 다르다.

하지만 소족장 오가르라면 조금이나마 이야기가 통했을진대.

그것조차 여의지 않았던 것일까?

"영지도 건장한 남성이 많이 죽었습니다. 아이린 역시…… 샤르−샤쟈르에게 죽임을 당했습니다."

아이린. 기억이 난다. 발탄을 보조하던 여자다.

하지만 발탄은 언데드다. 감정의 변화는 거의 없어야 정상이건만. 지금 발탄은 크게 분노하고 있었다.

상태창에 떠오른 '와신상담'이란 이런 거였나.

복수를 할 때까지 온갖 어려움을 참고 견뎌낸다. 그런 뜻이 상태창에 박힐 정도면 얼마나 복수심에 불타 있는지를 알 수 있었다.

'언데드로서의 진화인가?'

이 부분에 대해선 무영도 약간 의아해할 수밖에 없었다.

언데드지만, 발탄은 점차 마치 인간처럼 감정을 되찾아가고 있었다.

따지고 보면 발탄만이 아니다. 배승민도 그렇다.

'죽음의 예술, 혹은 언데드에겐 내가 모르는 게 있는 모양이군.'

무영이 짧게 혀를 차자 그 순간 문이 벌컥! 열렸다.

"영주님! 도, 돌아오셨습니까!"

뒤뚱거리며 뛰어오는 작은 인영.

드워프 칼무흐였다.

과거 지하투기장에서 그를 구하고 그는 계속해서 무영을 따르고 있었다.

"칼무흐."

"아아, 정말 돌아오셨군요!"

칼무흐가 몸을 부들부들 떨었다. 거의 오열을 내뱉기 직전의 상태다.

"큰일이 생긴 줄 알았습니다. 그, 그야 전 믿지 않았습니다만 시간이란 게 참으로 무섭더군요."

"나는 죽지 않는다."

결코.

"그럼요. 믿습니다."

"그간 영지에 있었던 일들을 보다 자세히 듣고 싶군."

"예, 제가 다 설명드리겠습니다."

칼무흐가 열렬히 고개를 끄덕였다.

이후 무영은 영지에 대한 설명을 들었다.

2년간 바뀐 것들, 유지되고 있는 것들. 스킬 '영주'를 사용하면 여러 가지를 파악할 순 있지만 영지는 단순한 수치로만 돌아가는 게 아니다.

실질적인 실무에 관한 것들을 듣고 파악해야 더욱 수월하게 이해할 수 있었다. 하물며 전쟁의 와중이라면 더 말할 것도 없다.

"……정복 전쟁이 시작됨에 따라 드워프들도 돌아가지 못하고 있습니다. 신의 손 발타스 님과도 연락이 닿지 않는 걸 보면 아마도 자체 방어에 돌입한 것이겠지요."

자체 방어.

적으로부터 극도로 몸을 숨기는 행위다.

과거, 용에게서 달아났을 때처럼 말이다.

하지만, 무영은 발타스의 실력이 필요했다. 신의 손 발타스에게서 나머지 '불멸왕 무구'를 만들 작정이었기 때문이다.

불멸왕의 조각들.

그리고 달의 축복이 듬뿍 담긴 재료들.

재료는 준비되어 있으니 이제 장인만 구하면 되었다.

"길을 내어주고 병력을 주면 발타스를 찾을 자신이 있나?"

"제가 말입니까?"

"그렇다."

칼무흐는 잠시 고민하곤 고개를 주억거렸다.

"해보겠습니다. 아니, 할 수 있습니다."

"타칸과 함께 가라. 타칸은 공간 이동과 관련된 마법을 사용할 수 있으니, 발타스를 발견하거든 곧장 이곳과 연결될 수 있을 것이다."

"예!"

칼무흐는 명쾌하게 답했다. 그래도 무영을 격렬하게 반기는 이가 한 명은 있는 셈이었다. 무영은 어깨를 으쓱하며 다음 말을 이었다.

"천경과 싸운 이유는 뭐지?"

"천경의 피부를 얻기 위함이었습니다. 샤르─샤쟈르의 번개를 막으려면 그 수밖에 없다고 판단하여…… 천경은 14일에 한 번 탈피를 하니 그 시기를 노리면 된다고 생각했습니다."

그러나 현실은 상상과 많이 다르다. 천경의 압도적인 광경에 발탄도 살짝 후회가 담긴 음성으로 말했다.

만약 무영이 나서지 않았다면 거의 대부분의 병종을 잃었으리라.

그나저나 샤르—샤쟈르라.

놈은 번개를 다루는 마왕이다.

직접 부딪쳐 본 적은 없으나 상위군의 마왕인 만큼 강력할 것이다.

아무리 강해졌다고 하더라도 샤르—샤쟈르쯤 되는 마왕과 직접 격전을 벌이긴 힘들었을 터.

그래서 놈의 번개를 막고자 도박을 건 것이다.

'쉽지는 않겠군.'

하지만 질 것이란 생각은 아예 하지 않았다.

그런 마왕 하나쯤을 어찌 못하면 마신들과는 어떻게 자웅을 겨루겠는가.

무영은 비탄의 검신을 쓰다듬었다.

그러자 비탄이 얕게 울었다.

샤르—샤쟈르는 게임을 좋아한다.

압도적인 전력 차로 단번에 찍어 누르는 것보다 약간의 희망을 주어 천천히 잃어가게 만드는 것을 좋아한다.

"이건 정말 예술이로군."

실오라기 하나 안 걸친 채 전신이 노란색인 남자.

샤르–샤쟈르가 꼬치에 꿰뚫린 거인들을 바라보며 감탄했다.

그 옆엔 작은 아인종들도 함께하고 있었다.

샤르–샤쟈르가 손을 뻗자 손에서 전기가 휘몰아치며 꼬치에 꿰뚫린 신체들을 태웠다.

"전사를 욕보이지 말고 날 죽여라! 날 죽이란 말이다!!"

거인들은 모두 죽었다. 아인종도 모두 죽었다.

하지만 단 하나. 살아 있는 생명체가 있었다.

거대한 철창에 갇힌 전사, 소족장 오가르!

그를 보며 샤르–샤쟈르가 웃었다.

"너를 구하기 위해 불나방처럼 이렇게 달려들지 않더냐? 그런데 어떻게 널 죽이지? 이렇게 재밌는데 말이야."

이 거인들은 모두 오가르를 구하고자 달려온 전사들이다.

그리고 아인종들은 특정 '영지'에 속한 개미들이었다.

그다지 신경은 안 썼다.

"노오옴! 죽일 것이다! 너만큼은! 뼈 마디마디를 모두 부수고 살 한 점도 남기지 않을 것이다!"

"그거 참 재밌겠군."

샤르–샤쟈르가 박장대소를 터뜨렸다.

이윽고 그의 부하 악마 한 명이 다가와선 말했다.

"샤쟈르 님."

"뭐냐? 내가 예술 행위 중일 땐 말을 걸지 말라고 했을 텐데?"

"죄송합니다. 하지만, 아인종들의 '영지'에 그들의 주인이 돌아왔다고 합니다."

"흠?"

아인종들. 그 미천한 것들에게도 주인이란 게 있었던가? 있어봤자 무엇을 하겠나. 샤르-샤쟈르는 웃었다.

"별것도 아닌 이야기로군."

펑!

귀띔을 해준 악마의 전신이 터졌다. 그러곤 샤르-샤쟈르가 다시 웃자 이번엔 오가르가 마찬가지로 떠들었다.

"그가 돌아온 것인가! 그가, 무영이! 크하하!"

"뭐가 그토록 웃긴 게냐?"

"죽지 않았던 것인가! 역시 불사신 같은 놈이야, 크하하하!"

오가르가 실성한 것처럼 웃어재꼈다.

"미친놈."

샤르-샤쟈르는 드디어 오가르가 미쳤다고 보았다.

동료들이 죽어 나가서 머리가 이상해진 모양이라고.

정작 영지의 주인, 무영에 대해선 크게 관심조차 가지지 않았다.

영지, 영토란 무엇인가.

무영은 자신이 가진 '땅'의 가치를 잘 모른다. 그러니 영주로서의 자질은 평균보다 미만이라고 할 수 있었다.

단지 필요에 의해 지배하고 있을 뿐이니까.

하지만 스스로 성장하여 샤르-샤쟈르의 공격마저 막아내고 있었을 줄이야.

무영은 자신의 인식을 바꿨다. 그리고 그 공격을 막아내는 1등 공신으로서 도깨비가 존재하고 있다는 말을 들었다.

도깨비는 무영과도 인연이 깊다. 하지만 그들을 총괄하던 '서한'이 죽은 이후 잠시 휘청한 걸로 아는데 새로운 지도자가 생긴 듯싶었다.

"돈탁이라 합니다. 이천 황금 도깨비 일족의 수장이자, 지금은 영지의 모든 도깨비를 총괄하고 있습니다. 별 중의 별, '움'을 만나 영광입니다."

새로운 수장. 본 적 없는 얼굴이다. 하지만 황금 도깨비들에 관해선 들어본 적이 있었다. 금색의 피부를 가졌으며 모든 도깨비 중에서 가장 뛰어나다고.

단지 숫자가 적어서 '움'의 대결엔 끼어들지 못했다고 했던가.

그들이 무영의 영지에 편입된 모양이었다.

하지만 돈탁이라 스스로를 칭한 도깨비에게선 그다지 존

중을 찾아볼 수 없었다. 입으로는 존중을 말하지만 느껴지는 행태는 무영을 재고 훑는 것만 같았다.

'강하군.'

강하다.

물론 이 강하다는 건 도깨비를 기준으로 해서다. 아마도 스스로의 실력에 자신이 있고 지금의 위치에 만족을 못하는 듯싶었다.

도전적인 눈빛. 싫진 않다. 다만, 입으로는 존중을 말하며 저렇게 재는 것만 같은 행동을 보이는 걸 그다지 달가워하지 않을 따름이었다.

"서한 대신 총괄자가 된 건가?"

"예, 계속해서 자리를 비워둘 순 없었으므로……."

"임시였다는 말이군."

임시.

그 말을 듣고 돈탁이 움찔거렸다.

설마 정면에서 그런 말을 운운할 줄은 몰랐던 거겠지.

하지만 그도 그렇게 무영은 돈탁을 도깨비의 총괄자로 임명한 적이 없었다.

유사시, 무영이 영주직을 비웠을 때에야 영지의 방어를 위해 차선책을 마련할 수 있다지만 무영이 돌아온 이상 다시금 질서를 바로잡아야 했다.

"2년간 저희 도깨비들은 제 지휘 아래에 결집했습니다. 실제로 영지에서 가장 강력한 부대는 제가 이끄는 도깨비 군단이지요."

자기 자신을 어필했다.

하지만 무영은 요지부동이었다. 말로만 행하는 사람은 믿지 못한다는 게 무영의 지론이다.

"나는 너의 능력을 본 적이 없다. 그러니 증명해야 할 것이다."

"증명이라 하면?"

"샤르-샤쟈르가 감금한 자들을 구해라. 아랑드도 함께."

영지 내에서도 많은 이가 샤르-샤쟈르와 그의 군단에 의해 감금을 당했다는 이야기를 들었다.

놈의 취향이 독특하여 잡아들인 자들을 쉽게 죽이진 않는다고 하였다.

실제로 몇몇 지점에 인질들이 잡혀 있는 것을 확인했으니 그들을 구출할 필요가 있었다.

영지 내에서 가장 빠른 검을 구사하던 '아랑드' 역시 현재는 인질로 잡혀 있는 모양이었다.

돈탁의 표정이 서서히 굳었다.

"도깨비들만으로는 힘듭니다."

"욕심이 많군."

"……?"

"구출은 소수의 인원으로 행해져야 한다. 도깨비 전원을 데리고 나갈 작정이었던가? 전멸을 못해 안달이 난 것 같군."

도깨비 전부를 데려가서 인질을 구해 온다. 그건 전면전을 벌이겠다는 뜻이다. 그야말로 미련한 방법이었다.

돈탁의 얼굴이 빨갛게 달아올랐다.

그러거나 말거나 무영은 말했다.

"나는 샤르-샤쟈르를 사냥할 것이다. 내겐 똑똑한 사냥개가 필요하다. 짖기만 하는 개는 필요 없다."

사냥!

주인 없는 산에서 자기가 주인인 것처럼 설치고 있었다.

그런데 산의 주인이 돌아왔다.

남은 일은 그 주인인 척하던 것을 사냥하는 것뿐!

'엔로스.'

사실 샤르-샤쟈르 따위의 마왕은 무영 혼자서도 처치할 수 있다.

하지만 샤르-샤쟈르를 건드리면 필연적으로 엔로스가 알아차릴 터였다.

엔로스. 마왕이 아닌 마제라고 불러도 충분한 자.

그를 건드리려면 무영도 준비가 필요하다. 사냥개 역시 많을수록 좋았다.

또한 엔로스를 치면, 마신 아몬이 튀어나온다. 아무런 방비 없이 건드리는 건 자살행위와 같았다.

"하지요, 하겠습니다. 도깨비 300명으로 아랑드와 인질들을 구출하겠습니다."

자신감은 좋다.

도전적인 눈빛을 보내기 이전에 돈탁은 자신의 실력은 입증해야 할 것이었다.

"모든 것은 신속하게 이뤄져야 한다. 7일 안으로 해결하도록. 또한, 나는 주변의 모든 이종족을 통합할 것이다."

불타르들 역시 통합해 버릴 작정이었다. 애매하게 뭉치면 흩어진 것만 못하다. 다소 강압적으로라도 모든 이종들을 통합해 하나의 힘으로 만들 필요가 있었다.

특히 불타르들을 통합할 수 있다면 큰 힘이 되리라.

그나마 무영과는 나쁘지 않은 관계이니 일이 쉽게 풀릴 수도 있었다. 그리고 모든 일이 순조롭게 풀려 샤르−샤쟈르와 엔로스마저 잡아낸다면…….

'마신들의 싸움에 끼어들 자격.'

그 자격을 획득한 것이나 마찬가지였다.

아몬이, 마신들이 무영을 주목하기 시작할 것이다.

이전에는 그들의 시선을 피해 힘을 기를 필요가 있었으나 이젠 적당히 수면 위로 올라갈 차례였다.

무영은 좌에서 몸을 일으켰다.

지체할 시간은 없었다.

불타르는 전신에서 불을 뿜는 거인이다. 때문에 '품의 나무'라 칭해지는 나무의 줄기를 엮어서 불을 중화하고 있었다. 그들에게 품의 나무는 어머니이자 보호자와 마찬가지였다.

당연히 품의 나무 근처에 모여서 사는데, 벌레와 관련된 일들을 무영이 한 차례 해결해 준 뒤로 그들과의 사이가 나쁘지만은 않았다.

무영은 일곱 기의 본 드래곤만을 이끌고 그들의 마을을 찾아갔다.

하지만 전사들의 숫자는 눈에 띄게 줄었고 오가르는 보이지 않았다.

'이상하군.'

오가르는 일전 무영에게 '불타르의 왕국을 세우겠다'고 공언한 바가 있었다.

쉽게 죽을 녀석이 아니다. 비록 마왕의 공격이 있었다고 하더라도 쉽게 쓰러질 녀석은 아니었고 그만한 자질과 힘도 갖추고 있었건만…….

"돌아가라."

무영은 불타르들의 우두머리를 만났다.

대족장이 죽고 오가르가 대족장의 지위에 오른 줄 알았으나 정작 오가르는 보이지 않았다.

본 드래곤의 존재감 때문인지 다른 불타르 모두가 함께 입구에 나와 있었다.

무영이 본 드래곤에서 내리자 우두머리로 보이는 불타르가 즉시 문전박대를 한 것이다.

"샤르-샤쟈르를 혼자서 상대할 수 있는가?"

"우리는 불타르다. 불타르에게 불가능한 것은 없다."

목소리가 딱딱했다.

여유가 보이지 않았다.

불타르의 숫자도 많이 줄어 있었다.

그들에게서 불안과 초조를 약간이나마 읽었다. 이전에는 결코 보이지 않던 모습이다.

하지만, 여전히 오가르는 나타날 기미가 보이지 않았다.

"오가르가…… 죽었나?"

무영이 말했다.

하지만 불타르들은 무수한 전장을 경험했다.

고작 전쟁이 하나 더 터졌다고 크게 변할 리 없다.

불타르들의 태도가 변한 근본적인 원인. 아마도 오가르에게 문제가 생긴 것일 터!

무영이 묻자 우두머리의 표정이 더욱 굳었다.

"작은 영지의 왕이여, 우리의 일에 상관하지 마라."

"오가르는 나의 친우다. 상관하지 않을 순 없지."

친우라는 말이 무색하긴 하지만 실제로 무영과 가장 가까운 '생자'가 오가르다. 그는 처음부터 유일하게 무영을 이해해 줬고, 이해하려고 노력하는 불타르였다.

무영은 계속해서 말을 이었다.

"또한 나는 불타르의 '시련'을 이어받았다. 아주 외인이라고 할 수는 없을 텐데?"

"고작 18단계를 이겨낸 것 가지곤 진정한 전사로 인정받을 수 없다."

처음 무한의 전장에서 무영은 18번째 물결을 이겨냈다.

하지만 그 이후 무한의 전장에 한 번 더 들어갈 기회가 있었다.

무영이 어깨를 드러내자 그곳에 '34'라 적힌 숫자가 있었다.

움의 시련에서 도깨비들과 함께했을 때 당도한 숫자였다.

"내 두 번째 기록이다. 이걸로도 부족한가?"

"34라니. 도깨비가?"

"허어."

약간의 소란이 일었다.

34라면 어지간한 불타르들도 엄두도 못 내는 기록이다.

하지만 우두머리는 여전히 불신의 눈빛을 가지고 있었다.

"외부에서 받은 '시련'은 인정되지 않는다."

"그렇다면 다시금 전사의 '시련'에 도전하겠다. 너의 기록을 깨면 오가르에 관한 것을 이야기하고 불타르는 모두 나를 따라야 할 것이다."

도전장을 내밀었다.

불타르의 전사들에게 있어서 '시련'은 소중하다. 그 결과를 번복할 순 없다. 신체에 새겨진 시련의 숫자가 강함을 의미했다.

직접적인 대결보다도 더욱 인정과 존중을 받을 수 있었다.

우두머리가 한쪽 어깨에 힘을 주자 불꽃으로 이루어진 숫자가 튀어나왔다.

그 숫자, 57!

상당한 수치다. 2년 전 소족장보다 강한 듯싶었다. 대족장과 비교하면 약간 부족한 정도.

"좋다. 하나 너는 무엇을 걸 것이냐?"

"나 역시 내가 가진 모든 것을 걸지."

영지, 군세 등 무영이 가진 모든 걸 건다.

우두머리가 무영의 뒤에 있는 본 드래곤들을 바라봤다.

전사들이 저 본 드래곤을 움직일 수만 있다면 전력이 순식간에 상승하리라.

"결투는 성사됐다."

우두머리는 무시무시한 눈빛으로 무영을 쳐다봤다. 하지만 무영은 아랑곳하지 않고 그 시선을 받아넘겼다.

'57단계라.'

무한의 전장은 오랜만이었다. 하지만, 무영은 아득한 격차로 현재 불타르들의 우두머리와 살아생전 대족장의 기록마저 넘어 보일 생각이었다.

〈'무한의 전장'에 입장했습니다.〉

〈이곳에서 내는 모든 기록은 솔로몬의 전당에 기록됩니다.〉

〈사용자의 기록은 최대 '34'단계입니다.〉

〈적을 막으십시오. 5번 이상 막아내면 언제든지 귀환할 수 있습니다.〉

〈첫 번째 물결이 시작됩니다.〉

〈고블린 100마리.〉

바뀐 건 크게 없었다.

무한의 전장.

그러니까 불타르들이 말하는 '전사의 시련'은 사실 우히가 만든 것이었다.

하지만 정작 이 시련의 주인인 우히는 실종된 상태였다. 전장이 크게 바뀌지 않은 건 그러한 이유에서일 것이다.

고블린 100마리가 무영을 향해 사방을 좁히며 다가오고 있었다.

쿵!

발을 내딛자 지면이 출렁였다. 그 상태로 거룩한 불꽃을 사방에 수놓았다.

거룩한 불꽃은 꺼지지 않는다. 무한의 전장 전체에 거룩한 불꽃을 흘려놓았다.

화르르르르륵!

카아아아악!

비명, 절규!

하지만 그만큼 물결의 진행도도 빨라졌다.

〈첫 번째 물결을 이겨냈습니다.〉

〈두 번째 물결이 시작됩니다.〉

〈두 번째 물결을 이겨냈습니다.〉

〈세 번째 물결이 시작됩니다.〉

〈세 번째 물결을……〉

…….

〈스무 번째 물결이 시작됩니다.〉

〈아이언 골렘 300기.〉

거룩한 불꽃으로 인해 16번째 물결을 해결하는 데 10분 정도뿐이 걸리지 않았다.

그러나 골렘은 이야기가 다르다. 인공 생명체에다가 핵을 부수지 않으면 죽지 않는 마물.

철이 불에 의해 녹았지만 핵이 있으면 다시금 재구성된다.

무영은 날개를 펼쳤다.

그리고 정확히 300개의 깃털을 뽑아내 골렘 300기의 핵을 정확히 찔렀다.

골렘 자체가 행동이 워낙 굼뜨기 때문에 불길이 안 통한다 뿐이지 처리하는 일 자체는 굉장히 쉬웠다.

〈스무 번째 물결을 이겨냈습니다.〉

〈대단합니다! 무한의 전장이 시작되고 15분이 지났습니다.〉

〈'3pt'를 획득했습니다.〉

〈포인트는 50번째 물결마다 사용할 기회가 있습니다.〉

무한의 전장에서 포인트를 얻는 일은 흔하지 않았다.

50번째 물결을 해결하면 나오는 '상점'은 일반 상점과는 분명히 달랐다. 포인트만으로 무언가를 구매할 수 있으며 모두 희귀하기 짝이 없는 물건들로 구성되어 있었다.

'보너스라고 생각하면 되겠군.'

무영은 어깨를 으쓱하고 다음 물결을 기다렸다. 과연 지금의 자신이 어디까지 갈 수 있을지 그 역시 궁금했기 때문이다.

불타르들은 시련의 근처에 모여 있었다.

거대하고 둥그런 구슬. 언제부터인가 그들은 구슬을 하나의 '전통'으로 여겼고 모두가 존중하는 결과로서 나타나게 되었다.

하지만 57단계 이상으로 나아간 존재는 단 하나뿐이다.

대족장. 하나 그는 죽었다.

전통에 따라 소족장이 우두머리 역할을 맡아야 하지만, 그는 너무 어리고 완벽한 강함을 갖추지 못했다. 하여 잠시간 '야타르'가 대족장의 자리를 맡게 된 것이다.

"흐음, 도깨비가 57단계를 넘어서는 건 불가능할 터인데."

"하지만 그는 예전 공작과의 싸움에서 그를 이긴 적이 있지."

"그것도 대족장께서 힘을 빼놨기에 가능했던 게 아닌가?"

의견은 분분했다.

그들은 철저한 전사였고 강자는 존중한다. 하지만 무영은 아직 제대로 된 검증이 이뤄지지 않았다.

야타르는 창을 든 채로 하늘을 올려다봤다.

보통 시련은 며칠에 걸쳐서 이뤄진다. 벌써 두 시간이 지났다. 조금씩 석양이 가라앉고 있었다.

저녁이 되면 악마들이 활개를 치기 시작한다.

"각자 자리로 돌아가라."

"소족장을 구하러 가야 하지 않습니까?"

장로 중 한 명이 물었다.

사실상 가장 적통에 가까우며 야타르는 어디까지나 임시

일 뿐이고 불타르들이 진정으로 따르는 건 오가르였다.

야타르도 그 사실을 알았다.

하지만 여의치 않았다.

벌써 몇 차례나 소규모로 오가르를 구하고자 전사들을 내보냈지만 돌아온 이는 없었다.

전멸.

계속해서 손해만 볼 따름이었다. 결단을 내려야 했다. 더이상 전사들의 희생을 보고만 있을 순 없었다.

"소족장은 마음에 묻어라. 더는 전사들을 내보내지 않겠다."

"그런……!"

"이대로 가다간 우리도 전멸을 면치 못할 것이다. 품의 나무 역시 베어질 테지."

악마들이 지역을 차지하면 항상 그렇게 된다. 가장 중요한 것을 파괴하는 게 악마들의 습성이었다.

"하지만 소족장의 원한을 갚을 것이다. 샤르-샤쟈르를 이 손으로 반드시 끝장낼 것이다."

야타르가 주먹을 꽉 쥐었다.

푸스스!

소리와 함께 피가 증발했다.

1년이 넘도록 이어진 전쟁이다. 그리고 샤르-샤쟈르는 그시간 동안 장난질을 하고 있었다. 전사를 잡고 능욕하며 잔인하게 죽여왔다.

불타르의 숫자는 절반 이상 줄었다. 이대로 가다간 전멸을 면치 못한다. 그러니 특단의 조치를 내릴 필요가 있었다.

그때까지 오가르가 살아 있다면 다행이지만, 샤르−샤자르는 인질을 그렇게 오래 살려두는 편은 아니었다.

"결전은 이틀 후! 이틀 후에 총공격을 감행한다. 샤르−샤자르의 목을 따기 위한, 위대한 전사의 전투가 시작되리라!"

쿵! 쿵! 쿵!

야타르가 바닥을 차자 다른 불타르들도 함께 발을 놀렸다.

소족장의 일은 안타깝지만 야타르의 말도 엄연한 사실이었다. 더 희생을 늘리면 승률은 한없이 0에 가까워진다.

승부수…….

이틀 후의 결전에 모든 걸 거는 수밖엔 없었다.

히야아아아아!

푹! 푸욱!

어스름한 새벽이었다. 담과 철창을 넘고 악마들이 숨을 죽인 채 불타르의 마을로 침입했다.

기습!

천이 넘는 악마가 불타르들을 공격하기 시작했다. 정확히 이틀이 되기 전의 새벽이었다.

"전사들이여! 무기를 들어라! 악마를 죽여라!"

야타르가 자신의 집에 침입한 악마의 머리를 꺾으며 외쳤다. 하지만 이해할 수가 없었다. 악마들이 이처럼 기습을 감행한 일은 거의 없었다.

압도적인 전력 차.

샤르―샤쟈르는 오만했기 때문이다.

기습을 할 필요도 없다는 듯 항상 정면에서 전쟁을 벌였고 승리해 왔다.

한데, 왜?

'정보가 새어 나간 것인가?'

그렇게 생각할 수밖에 없다.

샤르―샤쟈르라도 총공격은 부담스러웠으리라.

그러니 새어 나간 정보로 말미암아 불타르들을 습격한 것이다.

야타르는 빠르게 집을 나섰다.

이미 주변 모든 게 불타고 있었고 불타르들의 시체가 이곳저곳에 널려 있었다.

시체 타는 냄새가 즐비했다.

"악마 놈들! 나 야타르가 여기 있다!"

거대한 창대를 돌렸다. 그러자 악마들이 날개를 펼친 채 야타르에게 달려들었다.

구우우웅― 구우우웅―

일개 악마들은 약하다. 하지만 악마들이 모이면 이야기가 달라진다.

악마들은 모여서 소리를 진동시켰다. 날개를 펄럭일 때마다 거센 바람이 불었고 야타르의 불길이 약해졌다. 신체가 휘청거렸다.

"같잖은 수작질!"

야타르가 창대를 더욱 강하게 휘둘렀다. 그러자 공기가 다시금 정상으로 돌아왔다.

야타르는 성난 야수처럼 돌격해 악마들의 몸을 찢어발겼다. 불타르들도 불시의 습격에 적응하여 살아남은 이들이 무기를 들기 시작했다.

하지만 악마들은 물 밀 듯이 몰려왔다. 불타르의 숫자보다 족히 10배는 많아 보였다.

만약 다른 불타르들의 마을까지 힘을 합쳤다면 이런 기습은 통하지 않았을 것이다. 이틀 뒤가 최종 결전이라고 소식을 전해 놓았기에 모이는 장소도 따로 있었다.

그런데…….

'모이기 전에 기습을 할 줄이야.'

어디서 정보가 새어 나갔을까?

"멍청한 놈, 내 눈은 항상 이곳에 있다는 걸 몰랐느냐?"

콰릉!

짧고 강렬한 번개가 야타르의 척추를 관통하고 지나갔다.

"큭!"

단말마를 내뱉으며 야타르가 앞을 주시했다.

벌거벗은 악마. 다른 악마들과 달리 피부가 노란 악마였다.

번개를 다루는 샤르-샤쟈르가 자리한 것이다.

"총공격은 안 되지. 내 낙을 하나 없애 버릴 생각이냐? 응? 내가 전쟁을 이렇게 끄는 이유를 정말로 몰라서 그런 짓을 하려는 것이냐?"

샤르-샤쟈르가 손가락으로 자신의 머리카락을 빙글빙글 돌렸다. 그러곤 반쯤 쓰러진 야타르를 바라보며 말했다.

"그리고 불타르가 아무리 전사의 피를 이었다고 하더라도 죽음 앞에선 공평하지. 그렇지 않나?"

샤르-샤쟈르는 무척이나 평온한 모습이었다.

"소족장은…… 소족장은 어찌 됐느냐?"

야타르가 어렵사리 몸을 일으켰다. 관통당한 상처에서 피가 흘렸지만 상처가 순식간에 지져지며 어느 정도 정상적인 모습을 되찾았다.

그러나 내부는 철저하게 망가져 있었다. 다만 티를 내지 않을 뿐.

샤르-샤쟈르가 씽글 웃었다.

"아직은 살아 있다. 대단한 정신력이더군. 심연의 마수에게 그토록 저항할 줄이야. 그래 봤자 앞으로 한두 시간이면 죽을 것이다만."

"그렇다면…… 홀가분하게 네놈을 죽일 수 있겠군.

"나를? 네가?"

샤르-샤쟈르가 혀를 찼다.

그러자 주변으로 강렬한 전류가 원을 만들었다.

"네놈 따위가 내 '번개'를 뚫을 수 있다고?"

치리리리릭!!

전류는 더욱 강해졌다.

샤르-샤쟈르가 세운 전류의 벽. 둥근 원형으로 샤르-샤쟈르를 감싸 버린 것이다.

이 벽을 뚫은 자는 손에 꼽는다. 하물며 불타르 따위가 뚫은 일은 결코 없었다.

괴물들 사이에서야 불타르가 상위 포식자이지 악마들, 특히 마왕의 눈으로 바라보는 불타르는 다른 이종족과 별 차이가 없었다. 밟으면 죽는 그런 존재인 것이다.

"그럼 한번 해보아라. 난 움직이지 않고 손도 까딱 안 할 터이니."

이 역시 장난의 연장선이었다. 샤르-샤쟈르는 이러한 게임을 좋아했다.

하지만 야타르에겐 별다른 선택지가 없었다.

샤르-샤쟈르가 말했다.

"참고로 빨리 안 하면 이곳에 모인 불타르가 모두 죽을 것이다."

지금 이 순간에도 불타르들이 죽어 나가고 있었다. 샤르-샤쟈르가 거의 1년 만에 직접 모습을 보인 이상 쉽지 않을 것이었다.

그나마 가능성이라면 야타르가 샤르−샤자르의 방심을 틈타 쾌거를 이뤄내는 것.

야타르도 그걸 잘 알았다.

창을 들고 숨을 크게 들이쉬며 뛰어나갔다.

쾨창! 치지지직!

야타르의 신체가 탔다. 불타르는 종족 특성상 평소에도 불길을 이고 다니지만 그 불길은 '품의 나무'의 뿌리를 허리에 두름으로서 중화시키고 있었다.

하지만 전류는 아니다. 전류는 그대로 야타르의 전신을 관통해 척수와 뇌까지 도달했다. 일순 정신이 아득해지고 시야가 멀어졌지만 야타르는 이를 악물었다.

"너만큼은…… 무슨 일이 있어도!"

대족장이 죽은 이후, 임시로 그 자리를 받았다지만 야타르라고 책임감이 없을 리 없었다.

부족을 이끌고 전쟁을 끝내야 하는 막중한 책임이 그에게 있었다.

그러기 위해선 샤르−샤자르를 죽여야 한다. 목숨을 잃는다 하더라도 그것만큼은 이뤄내야 했다. 그래야 면목이 선다.

야타르의 전신이 조금씩 앞으로 나아갔다.

강렬한 전류의 장벽을 뚫고, 앞으로, 앞으로, 한 발자국씩이나마 샤르−샤자르를 향해, 놈의 심장을 향해 다가갔다.

정확히 네 걸음 정도가 남았을 땐 샤르−샤쟈르도 살짝 긴장할 수밖에 없었다.

불타르 따위가 벽을 뚫을 수 있을 리 없다고 본 것이다. 한데 결과는 반대였다.

척! 처어억!

다가온다. 한 발자국. 이어 두 발자국.

이제는 정말 지척이었다. 숨결이 닿을 정도의 거리.

샤르−샤쟈르가 미약하게 몸을 움찔댔다. 그리고 보이지 않게 손가락을 움직였다.

콰치치치칭!

전류가 더욱 강해졌다. 족히 두 배는 되는 전류가 야타르의 신체를 관통했다. 그러자 신체 전체가 타는 걸 넘어서 흐물흐물 녹기 시작했다.

이쯤 되면 생명체라면 더는 움직이지 못한다. 그게 정상이다.

하지만.

처어어어어억!

한 걸음!

야타르의 얼굴은 더할 나위 없이 흉측하게 녹았다. 창은 가루가 되었고, 그럼에도 야타르는 손을 뻗었다.

툭!

그리고 샤르−샤쟈르의 가슴을 건드렸다.

단지 그뿐이었다.

"용기는 가상하나, 이만 죽어라."

샤르-샤쟈르가 미소 지었다. 하지만 약간은 뒤틀려 있었다. 설마 거기서 손을 더 쓰게 되리라곤 생각하지 못했고 그것이 자존심을 건드린 것이다.

"개판이군."

그때……

샤르-샤쟈르는 잠시 갸웃했다.

바로 옆에서 들려온 목소리 때문에 말이다.

샤르-샤쟈르가 고개를 돌렸다.

그러자 전류의 안에서 아무렇지도 않은 듯이 서 있는 남자가 있었다.

설마 이토록 가까이 있는데 눈치를 못 채다니?

하물며 자신의 범위 안에 들어와 있음에도 남자가 말한 다음에야 알았다.

그러나 남자는 샤르-샤쟈르에게 시선을 두지 않았다.

전신이 타버려서 부서지기 직전의 야타르에게 눈길을 주었다.

"약속대로 불타르들은 내가 맡겠다. 이의 있나?"

야타르가 남자를 바라봤다.

정확히는 남자의 어깨를 바라보며 씩 웃었다. 그러곤 천천히 쓰러지며 눈을 감았다.

"네놈은 뭐냐?

샤르–샤쟈르가 살짝 경계심을 나타내며 물었다.

남자는 주변을 둘러봤다. 나오자마자 전쟁터일 줄을 몰랐다는 듯이.

그러나 딱히 전쟁을 기피하는 경향은 보이지 않았다. 오히려 남자야말로 전장이라 부를 수 있으리라.

"방금 전 이곳의 주인이 되었지."

스릉!

남자가 검을 뽑았다.

"또한 너는 내 이름을 들을 필요도, 기억할 필요도 없다."

빙그르르 무기를 돌렸다.

무기는 새까맣고 무척이나 불길한 기운을 띠었다.

그 불길함은 마왕의 어둠조차 뛰어넘었다. 샤르–샤쟈르는 본능적으로 그것을 알았다.

남자는 여섯 장의 회색 날개를 펄럭였다. 동시에 전류가 날아갔다.

벽이 한 방의 날갯짓으로 사라진 것이다.

샤르–샤쟈르는 믿을 수 없다는 듯 무영을 쳐다봤다.

하지만 남자는 별거 아니라는 태도였다. 도리어 샤르–샤쟈르와 마찬가지로 장난스러운 웃음을 보이며 말했다.

"어차피 내 손에 죽을 테니."

수아아아앙!

순간 거센 바람이 불러와 무영의 옷깃이 펄럭였다.

그러자 어깨 위에 나타난 숫자.

127!

압도적인 숫자다. 대족장도. 불타르 중 어느 누구도 100단계 이상을 도전해보진 못했으리라.

하지만 무영은 해냈다. 127단계…… 누구도 닿지 못한 '전인미답'에 도달한 것이다.

그럼에도 무영은 석연치 않은 표정이었다.

'127이 끝이었다니.'

무한의 전장. 이름 그대로 무한하게 계속해서 이어질 줄 알았건만.

무영은 끝없이 나아갔다.

속전속결.

누구보다 빠르게 앞서 나갔다고 자신한다. 하지만 그것도 127이 끝이었다.

인공적으로 만들어진 용들의 상대를 끝내자 무영은 다시금 현실로 되돌려졌다. 그 이상의 전장은 존재하지 않는단 글귀와 함께.

우히는 무한의 전장을 만들어가는 중이었고, 미완성인 채 끝났기에 어느 정도는 예상했지만 그래도 석연찮은 느낌을 버릴 수 없었다.

자신의 한계. 그 끝을 보고 싶었건만.

정작 끝을 경험하진 못했다. 말 그대로 하다가 만 거다. 그만큼 찝찝한 것도 없다.

그럴진대…….

무영은 샤르-샤쟈르를 바라봤다.

나오자마자 자신의 한계를 체험하게 해줄 만한 상대를 만났다.

철의 마왕 엔로스의 세 부하 중 하나. 그리고 세 부하 중 가장 강하다고 전해지는 마왕 샤르-샤쟈르다.

설마 샤르-샤쟈르가 이렇게 빠르게 불타르들을 습격하리라곤 생각하지 못했다.

그러나…… 오히려 잘됐다. 무영은 비탄을 뽑았다.

이 달아오른 몸을 식히려면 전투가 필요하다. 강력한 적이 필요했다.

"네가, 나를 말이냐?"

샤르-샤쟈르가 재밌는 농담이라도 된다는 듯 웃었다.

하지만 그는 여전히 놀라하고 있었다.

어느 사이에 자신의 영역으로 들어왔던가.

무영이 말을 하지 않았다면, 그리하여 '인지'하지 못했다면 기습을 당해 그대로 등을 내줬을 가능성이 높다.

살짝 오한이 들었다.

이만큼 신속한 이는 실로 오랜만이었다.

물론 그 한 번으로 죽지는 않겠지만 이는 자존심에 매우 타격이 가는 일이었다.

두 번은 당하지 않는다.

'대체 이놈은 뭐지?'

그러면서도 계속해서 의아함을 가질 수밖에 없었다.

무영의 외형. 저 여섯 장의 날개와 묘함의 극치를 달리는 이 기운들을 어찌 설명해야 할까. 악마도, 천사도, 그렇다고 인간도 아니고, 하물며 도깨비조차 아니다.

세상에 선과 악이 존재한다면 놈은 정확히 그 중심에 위치하고 있었다.

이토록 묘한 존재는 샤르-샤쟈르도 처음이었다.

그래서 야타르처럼 게임을 할 수가 없었다. 가지고 놀 수 있는 대상이 아니라는 뜻이다. 보고 느낀 것만으로도 전신의 털이 곤두설 정도였으므로.

"과연 너의 그 번개가 내 공격까지 막을 수 있을지 보겠다."

무영은 비탄을 들었다.

그러자 주변으로 강렬한 빛의 파동이 몰아쳤다.

생각보다 무대가 빨리 갖춰졌다. 군세를 모으고 정비하여 샤르-샤쟈르를 공격할 작정이었지만, 아무런 피해 없이 이러한 상황에서 1:1로 잡을 수 있다면 그건 그것 나름대로 좋은 방법이었다.

마왕 엔로스에게 소식이 닿기 전에 무영이 움직이면 그만이었으니까.

화르르륵!

곧이어 검에서 시작한 빛이 불이 되어 무영의 전신을 집어삼켰다.

무영은 날개를 펴고 도약할 준비를 하였다.

"그 불꽃은……!"

샤르-샤쟈르는 다시 한번 놀랐다.

놀랄 수밖에 없었다.

무영에게서 쏟아지는 불꽃은 그에게도 매우 익숙한 것이었기에.

모든 악마의 적, 디아블로!

그 디아블로의 불길과 무영이 가진 것이 매우 흡사했기 때문이다.

그러거나 말거나 무영은 가볍게 도약했다.

치이이이익! 샤아아앙!

전류의 벽이 무영의 앞을 막아섰다. 본래라면 닿는 모든 걸 태우고 녹여야 정상인 벽이지만, 무영의 불꽃 앞에서 무용지물이었다.

거룩한 불길은 이름 그대로 자신보다 낮은 '격'을 배제한다. 저 번개가 샤르-샤쟈르의 권능이라 할지라도 감히 거룩한 불길에는 미치지 못한다는 의미다.

"이이익!"

그리고 그것을 깨닫지 못할 샤르-샤쟈르가 아니다.

그래서 더욱 이를 악물었다. 고작해야 잡종 이상이 아닌 녀석에게 이토록 가볍게 밀리는 건 수치다. 있을 수 없는 일이었다.

차아앙! 츠아아아앙! 쿵!

전력들이 모여들었다. 하늘에서 거대한 기류가 형성되더니 그대로 번개가 내리치며 샤르-샤쟈르가 펼친 전류의 벽을 더욱 두텁게 만들었다.

창과 방패의 대결.

뚫느냐, 뚫지 못하느냐의 싸움으로 접어들었다.

하지만 이 간단하기 그지없는 조치가 마을 전체를 날려 버릴 정도였다.

물론 저 불길이, 불꽃이 샤르-샤쟈르가 생각하는 그것이 맞다면, 당연히 격차가 날 수밖에 없을 테지만……

"어찌하여 네가 그 불꽃을 가지고 있는 것이냐!"

그럴 리는 없었다.

디아블로는 본래 이 세계에 존재해선 안 되는 마신. 이레귤러다.

그 특이점이 하나가 아닌 둘이 될 수는 없는 것이다.

만약 무영이 디아블로와 관계가 있다면 이는 모든 마왕이, 마신들이 신경 쓸 주제다. 어떻게든 무영을 제거하려고 들리라.

그리고 여기서 샤르-샤쟈르가 무영을 죽인다면 스스로의

가치가 더욱 높아질 것이었다. 디아블로란 모든 마신과 마왕에게 있어서 초유의 관심사였으니.

하나 무영은 답하지 않았다.

대신 행동으로 보였다.

쩌르릉!

비탄을 채찍처럼 내려칠 때마다 불꽃이 쏟아지며 벽을 수없이 갈랐다.

"답하지 않겠다면 억지로라도 밝혀내야겠구나!"

샤르-샤쟈르는 생각을 바꿨다.

비록 격의 차이가 난다지만 이길 수 없는 존재는 아니라고.

만약 답하지 않겠다면 강제로 취할 따름이다.

이어, 전류의 벽이 조금씩 뭉치기 시작했다. 그러곤 검의 형상을 만들었다. 샤르-샤쟈르가 그 검을 들었다.

이것이 중대한 실수였다는 걸 깨닫는 데에는 오랜 시간이 걸리지 않았다.

콰창!

전류로 이루어진 검이 깨졌다.

무영은 모든 검의 주인이다. '검'이라 칭해지는 모든 것을 꿰뚫어 볼 수 있었다. 괜히 소드마스터가 아닌 것이다.

설령 그것이 전류로 만들어진 검일지라도 검인 이상 무영의 눈을 피해갈 순 없었다.

전류에도 엄연히 결이 존재한다. 하물며 그것이 검이라면 무영은 더욱 쉽게 볼 수 있었다.

샤르–샤쟈르가 잠시 멈칫했다. 설마 이토록 쉽게 번개의 검이 무효화될 줄은 몰랐다.

"시시하군."

무영은 진심을 담아서 그렇게 말했다.

전생에서도 무영은 마왕을 상대로 싸워본 적이 없었다.

무영이 죽여온 이는 대부분 같은 인간이었으므로, 마왕은 암살의 대상에 들어가지 않았던 것이다.

하지만 보고 느낀 건 분명히 있었다.

마왕이다. 어떠한 악마들보다 상위에 있는 존재.

당연히 모든 부분에 있어서 차이가 난다. 샤르–샤쟈르 역시 마찬가지다.

이에 기대를 했건만, 이래선 다른 악마들과 같았다.

"시시…… 하다?"

그리고 그 말이 샤르–샤쟈르의 자존심을 건드렸다.

알 수 없는 묘한 존재감. 게다가 디아블로의 불꽃으로 인하여 그는 혼란스러워하고 있었다. 하지만 무영의 말을 들은 순간, 모든 혼란이 종식됐다.

'감히 나를 상대로, 시시하다고!'

샤르–샤쟈르는 매우 자존심이 강하다. 감히 마신도 아닌 어중간한 잡종이 그런 자존심을 건드린 것이다.

콰릉! 콰르르릉!

샤르-샤쟈르의 전신으로 검은색 번개가 내리쳤다.

그러자 검은색 번개는 갑옷이 되었다. 투구가 되었다. 하나의 갑주가 되었다.

평소와 같이 벌거벗은 상태가 아니다. 이제야 무장을 끝낸 것이다.

"이 모습을 보고 살아남은 자는 없었다."

샤르-샤쟈르가 이죽거렸다.

자부심도 비쳤다. 아무에게나 보이는 무장이 아니었고, 이 무장을 보였다는 건 상대를 반드시 죽이겠다는 뜻이었으므로!

이제 제대로 싸워보자는 것이다.

무영은 입가를 살짝 들어올렸다.

샤르-샤쟈르의 본모습. 검은 번개의 마왕 샤르-샤쟈르!

'이제 조금 할 만하겠군.'

무영은 아직 몸도 제대로 풀지 못했다.

127단계의 전장도 무영의 몸을 식히진 못했다.

처음으로 제대로 상대해 보는 '마왕'이라는 존재.

그러니, 치고받으며 몸을 식힘과 동시에 더욱 그들에 대해 알아볼 작정이었다.

샤르-샤쟈르는 지금보다 분발할 필요가 있었다.

그리고 무영이 입가에 미소를 지우는 순간, 역공이 시작됐다.

콰아아아앙!

거대한 검은 번개가 몰아치며 무영을 집어삼킨 것이다.

번─ 쩍!

거대한 빛이 사방을 수놓았다.

강렬한 존재들의 싸움은 언제나 대지를 긴장하게 만든다. 또한 주변 모든 존재에게 영향을 끼친다.

하지만 빛은 어느 순간 잠잠해졌다. 하나의 존재가 사라지고 대지로 환원되는 순간 말이다.

"샤르─샤쟈르의 별이 꺼졌다."

언덕 위의 거대한 성.

그 성의 중심부에 있는 왕좌에 검은 망토를 착용한 한 남자가 앉아 있었다.

엔로스.

혹자는 그를 향해 '종말의 마왕'이라 칭했고, 또 다른 혹자는 '철의 마왕', '철혈의 마왕' 따위로 불렀다.

그가 이뤄낸 업적은 하나같이 처절했으며 악몽과도 같았기에 붙여진 이름이었다.

그리고 엔로스는 자신이 지닌 세 가지 별 중 하나가 떨어졌음을 알아차렸다.

대지가 별들이 속삭여준 것이다.

"번개의 마왕이……?"

"대체 누가 그를 해한단 말입니까?"

"다른 마왕입니까?"

웅성웅성!

그의 밑으로는 수많은 악마가 항시 대기하고 있었다.

그들이 날개를 펼치면 대지가 죽는다. 그 땅의 모든 생명이 사라진다. 하지만 그것도 엔로스의 명령이 우선시 되어야 했다.

엔로스는 자리에서 일어났다.

거대한 동체. 어지간한 거인들조차 작아 보이도록 만들 정도다.

그가 지팡이를 허공에 던졌다. 온갖 마법을 부리는 마신 아몬으로부터 직접 하사받은 이 지팡이엔 예지의 힘이 담겨 있었다.

"샤르–샤쟈르를 해한 자는 마왕이 아니다."

"다른 마신입니까?"

"마신이 아니다."

"그렇다면 사방에 존재한다는 초월체인지요?"

"모든 산의 주인, 용들의 왕, 죽음의 군주, 달의 아이. 그들 역시 아니니라."

사방에 존재한다는 네 초월체.

그들이라면 샤르–샤쟈르를 없앨 수 있었다.

하지만 그 넷도 아니다.

"그럼 번개의 마왕을 어느 누가 있어 해한단 말입니까? 있을 수 없는 일입니다."

"놈은 인간이다."

지팡이의 예지가 샤르-샤쟈르를 없앤 자가 인간이라고 알려주고 있었다. 하지만 단지 그뿐이었다. 그 외의 정보는 전혀 알 수가 없었다.

이런 일은 없었다. 상대가 마신이나 그에 준하는 급이라면 예지가 아예 발동하질 않는다. 그런데 예지가 발동해도 알아낸 정보가 없다…….

그것이 말하는 의미는 한 가지뿐이었다.

"놈은 '균열'이다."

축을 벗어난 존재.

미지의 균열은 마신들조차 경각심을 가지는 것이다.

무엇이 나올지 모르고, 어떠한 현상을 일으킬지 모르니까 '균열'이라고 부른다.

그 균열을 가장 잘 다루는 게 제1좌의 마신 바알이었지만, 바알조차 완전히 제어하지 못하는 게 또한 균열이다.

샤르-샤쟈르를 죽인 인간은 그러한 균열과 다를 바가 없었다.

균열은 관측된 이상 없애야 했다. 특히 의도된 균열이 아니라면 더더욱.

"지금부터 샤르-샤쟈르가 맡은 지역으로 떠나라. 그리하여 그 인간을 반드시 죽여라."

엔로스가 명했다.

스르르르르!

그 순간, 수십만에 달하는 악마가 모두 날개를 펼쳤다.

그들이 날개를 펼치면 예외 없이 대지가 죽는다. 그 대지에 속한 모든 생명체가 죽는다. 이번에도 같은 일이 반복될 뿐이었다.

엔로스의 명에 의해서 말이다.

이는 결코 피할 수 없는 결말과 같았다.

to be continued

SUPER ACE
슈퍼에이스

예성 장편소설

야구 선수의 프로 계약금이 내 꿈을 정했다.

"왜 야구가 하고 싶니?"

"돈을 벌고 싶어요!
집을 살 수 있을 만큼!"

시작은 돈을 벌기 위해서였다.
하지만 이제는 꿈의 그라운드를 위해서
메이저리그 명예의 전당을 노린다!

지갑송 퓨전 판타지 장편소설

레벨업하는 몬스터

UB

[특성개화 100% 완료]

시스템 활성화
특성 개화로 인하여 종족 변경:
인간 ➡ 몬스터

인간과 몬스터가 공존하는 현대.
갑작스런 특성의 개화.
기사도 사냥꾼도 아닌 몬스터로 종족이 변했다!
더 이상 인간으로 생활이 불가능한 상황!

"도대체 뭘 어떻게 하면 되냐고!"

처절하게 레벨을 올려야
사람으로 살 수 있다!